1990
|
2013

漩涡里

1990-2013 我的
文化遗产
保护史

冯骥才　著

人民文学出版社

图书在版编目（CIP）数据

漩涡里：1990—2013 我的文化遗产保护史/冯骥才著. —北京：人民文学出版社，2018

ISBN 978-7-02-014566-9

Ⅰ.①漩… Ⅱ.①冯… Ⅲ.①随笔—作品集—中国—当代 Ⅳ.①I267.1

中国版本图书馆 CIP 数据核字（2018）第 204397 号

责任编辑　脚　印
装帧设计　刘　静
责任印制　任　祎

出版发行　人民文学出版社
社　　址　北京市朝内大街 166 号
邮政编码　100705
网　　址　http://www.rw-cn.com

印　　刷　三河市西华印务有限公司
经　　销　全国新华书店等

字　　数　140 千字
开　　本　890 毫米×1290 毫米　1/32
印　　张　11.25　插页 3
印　　数　1—10000
版　　次　2018 年 11 月北京第 1 版
印　　次　2018 年 11 月第 1 次印刷

书　　号　978-7-02-014566-9
定　　价　42.00 元

如有印装质量问题，请与本社图书销售中心调换。电话:010-65233595

自 序：纵入漩涡

我无数次碰到这样一个问题：你究竟怎样从一个作家转变为一位众所周知的文化遗产保护者的？为什么？

这是我最难回答的问题。因为这问题对于我太复杂，太深刻，太悲哀，太庄严，也百感交集。你会放下你最热爱的心灵事业——文学，去做另一件不期而遇又非做不可的事吗？而且为了它，你竟用了一生中最宝贵的二十多年的时光？

我究竟是怎样想的，并做出这种常人眼中匪夷所思的决定？

我说过，如果要回答它，至少需要用一本书。

现在我就来写这本书。当然，首先这是一本生命的书，也是一本记录我个人极其艰辛的思想历程的书。

我说过，我投入文化遗产保护，是落入时代为我预设的一个陷阱，也是一个一般人看不见的漩涡。我承认，没人推我进来，我是情不自禁跳进来的，完全没有想到这漩涡会把我猛烈地卷入其中。从无可选择到不能逃避，我是从一种情感化的投入渐渐转变为理性的选择。因此，我对发生在自己身上的一切都心安理得。从宿命的角度看，我的"悲剧"命中注定。为此，我写这本书时，心态平和从容，只想留下我和我这代知识分子所亲历的文化的命运，沉重的压力，以及我们的付出、得失、思考、理想、忧患与无奈。但是这毕竟是五千年文明的历史中一次空前的遭遇。一次由农耕文明向工业文明转型期间无法避免的文化遭遇。不管我们怎么努力，此前与此后的文化景象都已经大相径庭了。为此，在本书的写作中，我不想回避历史文明在当代所遭遇的种种不幸、困惑以及社会的症结。如果我们不去直面这段文化的历程，就仍然愚钝和无知。只要我们写这历史，就一定让它在镜子里呈现。

在我的"记述人生五十年"《冰河》(无路可逃)、《凌汛》《激流中》这一系列非虚构、自传体、心灵史式的写作中，《漩涡里》是最后的一本。写完了这本书，我发现自己一生中有两次重要的"转型"——从绘画跳到文学，再从文学跳到文化遗产保护，其缘由竟然是相同的——好像都是为时代所迫。

　　我最初有志于丹青，之所以拿起笔写作，完全是由于时代的地覆天翻、大悲大喜的骤变。我曾写过一篇文章叫作《命运的驱使》，我说要用文学的笔记下我们一代人匪夷所思的命运。这便从画坛跨入了文坛。后来，则是由于文化本身遭受重创，文明遗存风雨飘摇，使我不能不"伸以援手"，随即撇开文学投入文化的抢救与保护中。

　　可是，我这两次"转型"果真是受时代所迫、是被动的吗？还是主动把自己放在时代的重压之下？

　　反正近二十年，我身在时代最为焦灼的一个漩涡里。

　　我的不幸是，没把多少时间给了纯粹的自己；我幸运的是，我与这个时代深刻的变迁与兴灭完完全全融为一体，我顽强坚持自己的思想，不管或成或败，我都没有在这个物欲的世界里迷失。

　　为此，在现实中我没有实现的，我要在书中呈现。这也是写作的意义。

戊戌元月初一开笔开篇

上 篇

一步步走近漩涡

（1990—2000）

一、背着画轴奔往各地

我文学的车在"新时期"的大道上一路轰鸣地开下来，我已经把我这个时期（八十年代）的心灵历程写进前边的一本书——《激流中》了。

可是，进入了九十年代，好像一下子出了什么毛病。虽然没有丢下手中的笔，我心里却没有了方向盘，多年来头一次感觉我的目标变得含混。我是个"读者感"很强的人，我忽然不知道怎么再与我的读者交谈了。原先那些"信心满满"的写作计划都失去了原动力。一片空茫之中略带一点恐慌。这时，我有了画画的念头。好像画画是我可以抓住的一个把手。我要离开文学？不知道。反正王蒙和刘心武也都已经埋头于"红学"了。张贤亮更是走火入魔下海经商了。他居然印了一张名片，上边写着"银川绿化树食品有限公司总经理"，还花了两千块钱买了一个进口的真皮公文包，春风得意地夹在胳膊里，开会时请假去王府饭店与港商谈生意。那时我认识的不少作家、记者、教授都纷纷忙着下海。记得一次在北京开会，一位在一家主流媒体工作的笔杆挺强的记者来看我，他已经下海经商。他笑着问我："写作还有用吗？"

我第一次听到有人问我这样的问题。

我也第一次不知怎么回答。

就这样，我重新拿起画笔开始画画。

1990年我应邀在科隆大学演讲。有个德国学生问我："冯骥才，听说你画画了，是不是写不下去，去画画了？"

我笑着说："你的问题已经包含着答案，为什么还问我？"

1990年春天，我写过一篇文章叫作《我非画家》，我说：

近日画兴忽发，改书桌为画案，开启了尘封已久的笔墨纸砚，友人问我，还能如先前那样随心所欲么？

我曾有志于绘事，并度过十五年的丹青生涯，后迫于"文革"剧创，欲为民族记录心灵历程，遂改道易辙，步入陌生的文坛。然而，叫我离开绘画又何其困难？

* 树后边是太阳 1991 68×104cm

我这段话只是为自己放下写作而画画找理由而已。

可是我写作前那段长长的绘画生涯是埋在暗淡的青年时代里的，没人知道；世人知我，皆缘自文学。何况整个八十年代我都给了文学，甚至没有动过画笔，谁也没见过我的画是什么模样。因此一些人听说我画画，都摇头说我"不务正业"。

倘若这只是在绘画里寻找一些心灵的慰藉，很快也就会过去。完全不曾料到的是，此次笔墨触到纸上，竟然生出全然不同的景象。我习画从两宋入手，画画用的是地道的宋人笔法。特别是"刘李马夏"，中锋勾线，斧劈皴法，讲究技巧与功力，而且属于十分具象的山水——这些我在前边的书中都写过。这次不同了。笔墨落到纸上，一切竟然全变了，它不再是技术，好像变成一种语言，可以随心所欲地抒发出我的心境、情感、思绪与想象。是不是我作画的动机也与以前不同了？比如我心存愤懑就画出一丛大火，忽有激情便放笔于长风巨浪；若是一种忧郁或感伤飘然而至，就让一只孤雁飞过烟雨里的河滩。我那幅《树后边是太阳》就是在压抑中感受到一些遥远的希冀，于是我"看到"一片光线从林间逆向照过来，把林木长长的蓝色的影子铺在广阔的雪原上。还有《穿破云层》《期待》《老门》《小溪的谐奏》等等都是这样。我发现，我的画笔居然能像写散文一样诉说心灵。有一次，我眼前恍惚出现八十年代我在多伦多街头看到的一个景象：满地红叶十分好看，一个女子在我前边行走，大概她怕踩到地上美丽的红叶，两只脚躲着红叶走，两条长长细腿便姿态优美地扭来扭去……当这个曾经感动的景象冒出来时，《每过此径不忍踩》就成了我的一幅新作。

完全没想到重新拾起画笔之后，我的画竟然会成了这样。最根本的缘故是写作前和写作后的我已经完全不同。文学改变了我，改变了我的思维，并使我有了太多的思考、变化的心境与复杂又敏感的心绪。

开始，我并没有想到"文人画"这个概念。我只是说我的画"遵从生命""人为了看见自己的内心才画画"，我喜欢这种"表白的快意"。渐渐地，我才意识到我的画与文学关系甚深。我开始强调说"文学是连绵不断的绘画，绘画是片段静止的文学"。我称自己的绘画是一种看得见的文学。当时，我和吴冠中先生在全国政协同组，一次吴先生问我："你的画重复吗？"我摇摇头说"不"，并说："我画画有点像写文章，写文章是不会重复的。"吴先生笑道："我画画也不重复。"当然，我的不重复与吴冠中先生本质上还是不同的，此中的道理需要另做阐述。

这期间我写了一篇文章，题目已经很明确——《绘画是文学的梦》。

直到后来，日本绘画大师平山郁夫先生撰文说我的画是"现代文人画"，才使我认真去想自己绘画的本质了。由于我多年从事写作，习惯于追究事物的本质。这也是作家的基本素质。我便开始一边画一边写一些自己对绘画的思考。渐渐有了追求将散文融入绘画的"可叙述性"的艺术主张。更重要的是我下边这句话：

> 艺术，对于社会人生是一种责任方式，对于自身是一种深刻的生命方式。我为文，更多追求前者，我作画，更多尽其后者。

我很明白，绘画对于我是一种自我的艺术，文学不是。从这点说，平山郁夫对我的评价是对的——我的画属于一种现代的"文人画"，因为文人画从来就是自我的，没有任何社会性，甚至是遁世的。是不是这就等于承认自己这期间绘画，是对社会的一种逃避？

我的收获则是把绘画重新纳入我的世界中来。我有了迥异于他

* 1991年12月，画展搬到黄浦江畔的上海美术馆
* 1992年4月，画展"移师"到浙江宁波。宁波是我老家。因在展览
  标题加了两个字"冯骥才敬乡画展"

人的独自的绘画。一度，我惊喜，甚至沉迷于自己的绘画中。

于是，我希望更多的人能够看到我的画，让别人认识我。画家和作家不同。作家只要出书就可以了，画家要难得多，一要出画集，二要办画展。只有办画展，人们才能看到原作，看画是必须看原作的。原作上的"生命感"在印刷品上是看不出来的。1990年我出版了自己第一本厚厚的《冯骥才画集》。我从画集获得的社会反响中得到鼓励，开始筹备一个为期两年(1991年—1992年)雄心勃勃的全国巡展计划。每年三个城市。第一年由我所在的城市天津始发，然后是山东济南和上海。第二年是浙江宁波和四川重庆，最后结束于北京的中国美术馆。这就需要我和我的团队背着上百件轴画，东西南北跋山涉水跑上两年。这样一个宏大的计划还真需要靠着一种胆量和信心，因为当时没几个人知道我是画画出身，我很怕自己的绘画在外边遭到冷遇。

在制定这个计划时，我还夹裹着另一个很深切的意图，只有自己非常明确，就是为了母亲。

1989年是我黑色的一年，10月父亲病逝，母亲痛楚难熬。我想了各种办法，比如给母亲的房舍重新装修，想以此改变母亲习惯了的环境，阻断她对往事的联想，但不管怎么做，还是无法化解母亲的痛苦。1990年春天，我的画册出版不久，我在天津艺术博物馆举办个人画展，这也是我生平第一次个人画展。展出的八十幅作品，全部是新作。不少国内外各界朋友赶来祝贺，我邀母亲参加开幕式。在那热烘烘的场面上，母亲脸上露出久违的笑容，这使我心里更暗暗决定，全国巡展中要刻意在两个城市为母亲安排"特别节目"。这两个城市，一是母亲的故乡山东。母亲生在济宁，青少年时在济南生活过一段时间。1936年随父母移居到天津，再也没有回去过。一是父亲的故乡宁波。父亲童年时便随爷爷来到天津，此后也再没有回过老家。母亲与父亲是在天津相识而后结婚成家的，她更是不曾踏上过父亲的出生之地。

如果母亲去到这两个地方，便如同回到遥远的过去，一定会与眼前愁结的现实拉开距离，打乱时空的记忆、新鲜的感受就会冲散心中的郁结。

在天津画展后，秋高气爽的九月里画展就移师到济南的山东美术馆，在宾客蜂拥的开幕式之后，我便陪着母亲去看她半个世纪前生活过的魏公庄，重游大明湖，接着南下到达泰安。登岱之时，母亲已进入"时光隧道"，嘴里念叨的全是记忆中幼年时随外祖父和他的好友康有为登岱的种种情景；然后去曲阜，孟县，梁山，最后抵达济宁。幸好那时大规模城市改造尚未开始，济宁城中许多古老的风物还能找到。太白楼、铁塔寺、东大寺、竹竿巷、老运河，乃至玉堂酱园和母亲幼时最爱吃的一家点心店北兰芳斋等等还都是她记忆的模样。在城中东跑西跑时母亲不觉已表现出此地主人的样子。各种老地名、故人往事、风味小吃都叫她愉快地想起来了。外祖父是清末一员军中少将，曾在济宁城中有很大一个宅院，虽然老宅不存，院后那条老街——邵家街依然还在。母亲到那里，居然访到一位街坊，是一位八十岁的老人，老人竟称母亲"二小姐"，相谈往事时，两人泪水双流……

看来我这个刻意的安排实现了预期的效果，母亲返津后已经像换一个人一样。

艺术巡展本身的目的也得到实现。

尽管每到一处画展上，观众都表现得分外热情，我内心却保持一分冷静。我明白，这热情和效应主要来自文学。观众大部分是我的文学读者。我留心他们对我的画感受如何，也更想听到来自美

* 1992年冬在中国美术馆前

术界的看法。故而所到之处，都要与当地的美术界座谈交流。我从
人们对我绘画的种种理解中寻找自己的立足点，我应该砍掉哪些
"非我"的东西？现代文人画是不是我的道路？我喜欢现代文人画
这个概念。因为当代中国画所缺少的正是中国画本质中一个重要的
东西——文学性。我要区别于时下职业化的中国画，同时也要区别
于古代的文人画，还要区别于当时画坛流行的形式主义的"新文人
画"。我必须把自己的绘画建立在自己的文学感受与气质上，还要
逐渐建立自己的艺术思想和理论支撑。直到数年后，我凭着这些思
考才写了一本一己的绘画理论《文人画宣言》——这是后话了。

　　我不知不觉地往绘画里愈钻愈深。1991年我的"写作登记表"
上居然只记录着一篇文学作品，还是一篇很短的散文。我会不会要
弃文从画，重返丹青？

　　现在看来，我从文学转向文化遗产保护，先经过了绘画。我是
从激情的文学征程，转而走上一道彩色的丹青桥，然后掉进巨大的
文化遗产保护的漩涡里。这个过程看似传奇，却非偶然，而是一种
时代所迫和命定的必然。这个转变到了1991年底就变得一点点清晰
起来。

　　人生的路只有走过之后，回过头看，才会看清楚。

二、从迷楼到贺秘监祠

在走南闯北举办画展的两年里，不曾想看到了那么多名山大川和名胜古迹。从川西的大足石窟到泰山脚下的华岩寺，从孟子故里到浙东的秋瑾故居，从雄奇的三峡到豪强的水泊梁山，无一处不触动我。然而更触动并使我惊讶的，是这个伟大历史的巨大根基正在松动。在上个世纪九十年代中国第二次改革浪潮雷霆万钧般地席卷大地的冲击下，任何过往的历史事物都有被丢弃和废除的可能。如果我只是身在天津的书斋里伏案写作，是不会知道一种可怕的文化现实正在全国到处发生。

在山东东平县的"一线天"那块雕满摩崖造像的巨石上，站着几个山民的孩子，手高举锤子，朝我喊着"十块钱给你凿下一个佛头"。巨石上多半造像已经没有佛头。我拍下许多照片，把这些情况直接反映给山东省委，还在山东画院做了演讲，希望山东人留住自己仅存无多的唐以前的摩崖石雕。在重庆沙坪公园一角保存的红卫兵墓群是全国仅有的"文革"遗址。然而周围势如洪潮的房地产开发正在逼向这一地区，我找到沙坪坝区政府，请他们保护好这个当代史重要的历史遗址。

最触动我的是上海郊外的周庄。这个触动对我一生都很重要。

在山东济南的画展之后，就"转战"到上海。那天，在上海美术馆的展厅里，几个上海媒体的朋友《文汇报》的肖关鸿、《解放日报》的吴芝麟等建议我到周庄去看看。周庄是上海周边辈分最高的古村，去年它刚刚度过九百岁的生日。一个胡须至少五尺长的老村子，当然要去看。当我听说明代江南巨富沈万山的故居仍保留在这个村庄里，兴趣更高。早在儿时看连环画，看到过一本《沈万山巧得聚宝盆》，讲述沉湎于花天酒地中的富家子弟沈万山最后耗尽家财，穷愁潦倒，一头撞墙寻死，竟然意外撞出一个祖先埋藏在墙体里的聚宝盆，从此幡然醒悟，做了一位救困扶贫的仁人义士。这个传奇故事曾经把我迷住。我带着来自孩童时的情结走进周庄，遭遇却完全在意料之外。

这天周庄很美。虽然是初冬，树叶尽凋，那时还没有被开发，没有游人。乳白色的雾笼罩这个幽静的古村，石桥的栏杆上还有湿漉漉的青苔。站在桥上看不清四周的景物，却可以听到脚下有划船

* 周庄

声，空气里有鸟飞过时羽翼煽动空气的声音。待从沈万山故居出来，烟雾飘散，我看到河边一座小木楼，一排窗子敞着，楼前泊着小舟，如画一般。来陪我们游周庄的管理人员告诉我，这小楼名叫迷楼，在周庄很有点名气。传说迷楼曾是一座小茶社，当年柳亚子在这里搞"南社"时，常带着一些文友在这里聚会，吟诗论文，畅议时事。渐渐村子里就传出了闲话，说这些文人看似诗文雅聚，实际上是被店主漂亮的女儿迷住了，于是这小楼便有了"迷楼"之名。后来柳亚子还把他们在这里作的诗结集出版，就叫作《迷楼集》。

我说："这小楼看上去如画，又有南社的诗文，真很难得。"不料这管理人员说："下次你再来就看不到了。"我很诧异，待问方知，这个表面宁静的古村其实并不平静。如今社会飞快发展，古村设施破旧，村里边的很多人已经不想再住这里，都在想办法把房子卖了，用钱在村外找一块地盖新房。据说这个迷楼也要卖了，卖价三万。这在上个世纪九十年代初还是一笔不小的钱。

我听了心里一急，念头一闪，便对肖关鸿和吴芝麟说："把房子买下来吧。我的画展本不卖画，但听说有几个台湾人要买画，那就卖一幅吧。拿钱把这迷楼买下来，由你们《文汇报》和《解放日报》管理。再有作家画家来上海玩，就在这里招待他们，写写画画，好的画和文章还可以在你们的报上发表。"

大家都说这想法好，我便把画展上一幅名为《李白诗意》的画卖给台湾人，得到三万元。可是拿到钱与周庄一联系，迷楼的房主变了主意，非要涨价，要五万了。我说那就再卖一幅画。可是还不行，周庄那边来信儿说还要涨价。大家很生气，说这真是"一赶三不买，一赶三不卖"了。过两天肖关鸿对我说，你也别再卖画了。周庄那个管理人员来电话说，你们放心吧，你们一个劲儿非要买，已经把房主闹明白了，他知道这房子将来可能会值大钱，不卖了，也不拆了。

就这样，迷楼真的保下来了，直到今天也没拆，并成为周庄一个闻名遐迩的旅游景点。我这次没有花钱，却促使迷楼保下来了。由此明白了自己的一个优势：可以卖画救文化。

此后只要碰到这样的难处，我就自然而然想到这个办法。紧跟着在宁波就用到了。

很久以后，我才弄清楚，这次在周庄情急之下的行动，竟是我在文化遗产保护的路上走出的重要的"第一步"呢。

第二年春天，我在自己的老家宁波举办画展。宁波是我父亲的出生地。它不是我的故乡，而是我的老家。老家埋着一条长长的流着热血通往生命源头的根脉，回到宁波是我在血缘意义上的"回家"。这是第一次回家，心怀敬畏之心，所以我在画展的名字上加了两个字，叫作"冯骥才敬乡画展"。

没想到，我的老家更在乎我。不仅在街上能见到"大冯，家乡人民欢迎你"的过街横标，在宁波美术馆大门前举行开幕式时，连马路上都堵满了乡亲。

我的老家在宁波江北的慈城。虽然我不曾来过，却感到它像一种梦境出现在眼前：斑驳的老墙，苍劲的石坊，带着阴影与阳光，梦幻般弯来弯去的旧街，陌生的人们亲切和善的面容……这竟使我感觉来到了父亲的童年。我看到街边一个几岁男童笑着朝我们开来的车子撒尿。我在家乡的欢迎会上说："我忽然觉得，我父亲当年在这里一定就是这样。"我这话引来大家一阵亲和地笑，我一下子感觉自己与乡亲们融为一体。我在父亲出生的房子里见到我的堂兄。我送他一幅《雨行中》，是来甬之前特意画的，上边题了几句诗：

疏疏密密雨，

轻轻重重声；

浓浓淡淡意，

深深浅浅情；

远远近近事，

都在此幅中。

　　正是由于此次回家，我才知道家族历史的深远。此前只是十分粗略地知道我最早的祖先是汉代的大树将军冯异而已，这次在孔庙中看到一块冯氏家族牌，上边全是我家族宋代以来一代代做了进士的先人的姓名，数一数竟有五十六位。至于冯氏家族在慈城镇上所建的屋宇、牌坊、书楼和祠堂，至今仍有厚重的遗存。我还结识了一位宁波地域文化研究者钱文华，他对我家族的历史渊源了如指掌，令我汗颜。在他面前，我还能自诩为冯氏后人吗？他领着我到镇上各处游看，给我尽数家珍。

　　慈城镇上住着一位我的族姐叫冯一敏，她收藏着我家族的族谱和几幅祖先的画像，一天，邀我去她家看。她家住在一条名叫太阳殿路的老街上，院内草木繁茂，房子矮小破旧。冯一敏先给我看《慈溪冯氏启承词家谱》——这正是我家十分珍贵的族谱，然后从隔壁一间小屋的阁楼上取下几卷十分残破、带些霉味的轴画，打开之后令我吃惊。一种静穆冲和之气显示出唯"大明"才有的韵致。画中石青与朱砂几种颜料历久犹鲜。钱文华从画像上端池堂题写的名款，证实了这是我家族至少五百年前的祖先。冯一敏的保存，使我看到先人的真容，叫我肃然起敬，又惊喜不已。

没料到第二天，冯一敏就带着女儿，把这几轴祖先画像送到我居住的宁波车站附近的旅店，执意叫我保存，并说只有交给我才放心。这几轴画像用一张红纸包着，依照民间礼节，红色的纸面朝外，以示吉瑞。我当即赠送给她一幅中堂山水画和一副对联，并告诉她我会把冯家这几幅祖先像修复好、保存好，等我老了，把它们送回宁波，找一个可靠的部门收藏起来。这是老家的东西，最终一定要放到老家，才是最好的归宿。

就这样，我感觉自己像一株植物那样，与土地里的根脉相通，我的身体吸入了这块土地清新、温暖、极其充沛又深远的气息，从此与老家密不可分了。这种感觉是来宁波之前不曾想到的。我去游保国寺、普陀山、阿育王庙、东钱湖、河姆渡等等，都感受到一种

* 为抢救迷楼卖掉的画作《李白诗意》

唯家乡风物才能生出的自豪。至于我家在慈城五马桥民主路上的老宅，一切一切都使我触景生情；一扇老门，一把磨光的竹编摇椅，一口曾养活爷爷和父亲的老井，一堵历尽沧桑的乱瓦墙……我写了一首诗，道出此时内心的感动：

> 人间不将往事存，
>
> 且向故里深巷寻；
>
> 翻新泥屋认老瓦，
>
> 破败石径猜旧痕。
>
> 窗前还是那般影，
>
> 井中依然这片云；
>
> 唯有时光倏忽去，
>
> 后辈一片皆成人。

我跑到百货店买了两只玻璃杯，与儿子冯宽在老宅院中的花池里取了两杯土，带回到天津。一杯土在父亲迁坟时，与父亲骨灰一起合葬——入土为安；一杯土放在我书房的书架上，至今如此。有人曾问我，你是传统观念很深？还是传统情感很深？我说，是后者。

在这样的乡情热潮里，我遇到了一件事。这期间宁波也开始城市改造了，正在翻天覆地地进行市中心月湖周边的改造，有一座很古老的建筑马上要拆，竟然是唐代诗人贺知章的祠堂。我去看了，粉墙黛瓦，马头山墙，临水而立，沉静精雅，又十分破败。据一位官员说，市里原想把这座建筑给宁波文联，但文联没有足够的钱修理。房子太破，不大修无法再用，只好拆掉。我是天津文联主席，知道文联是穷单位，但无论如何也不能把一座古代大诗人的祠堂拆掉。便问："大修这房子要多少钱。"当地人说："估过价，得要二十万。"

因为有过头一年冬天为抢救周庄迷楼而卖画的经历，我听罢，好像自己具备什么"实力"，脑袋一热便说："我来卖画帮宁波文联，把这房子保下来吧。"

回来便拉着妻子同昭到画展上去挑要卖的画。我爱人一直支持我做这种有意义的事。我们在画展最后边、也是画幅最大的那部分中挑选了五幅，都是六尺对开的山水，全是我的精品。只有精品才对得住买画的人。一幅画要卖四万元——在上世纪九十年代初，这可是不小的数目啊。

义卖的画刚刚确定，便得到消息说一位来自台湾的大企业家、

"应氏围棋计点法"的创始人应昌期先生要来看画。他也是宁波慈城人,与我同乡。他听说我的义举,十分感动,想来看看有没有他中意的画。应昌期先生是位乐呵呵、敞快又和善的人,他喜欢我追求情境的画风,尤其喜欢其中一幅《老夫老妻》。我说这幅画的主题缘自我和我妻子几十年的相依为命,他笑着说自己的妻子也是原配,俩人一辈子辛辛苦苦、风风雨雨地走来。他对我这幅来自人生的苦中作乐之作感同身受,当即就买下这幅画。就这样,我把余下的画交给宁波市政府全部卖掉。有钱修房了,贺秘监祠便保下来,修好后一直归宁波文联使用,至今依然姣好地矗立在波光潋滟的月湖边。每次我回宁波,都会去贺秘监祠看一看,坐一会儿,享受一下自己当年的那种情怀。

如果说,在上海我是以卖画的行动促成了迷楼的保护,这次则是用卖画之所得切实地保住了贺秘监祠。我由此实实在在参与到文化遗产保护的行动中来。在宁波期间,我应邀参加一个以"促进城市开发"为主题的会议,会上我说:"凡是由外地回乡探亲的游子大都有两种心理:一种是希望家乡旧貌换新颜,摆脱贫困,富裕起来;一种是希望风光依旧,风物犹存,使自己对故乡有迹可循,情感得以依傍。这两种希望是矛盾的,也是并存的,缺一不可的。那就希望你们在工作中想办法解决好。两全其美，不能偏废，更不要为了现实的需要毁掉历史的文化和文化的历史。"

由此看来，我那时已经开始思考当时人们尚未注意到的时代深处的文化危机了。

但是我还没有投身其中。

我看得还不够深刻和紧迫，文化视野还不够开阔，还没有从更大的背景来思考这些时代的病兆，还没有找到参照物来进行文化比较；我的行动还不是社会行动和文化行为，而只是一种个人的情感行为。何况当时我精神的重心还在绘画里。那两三年我的写作很有限，只写了一个短篇《炮打双灯》，这篇小说被导演何平改编成电影后在西班牙和夏威夷电影节上获奖，我却没有太当回事。自1991年至1992年我的中篇小说《感谢生活》连续被译成法、荷、德、西等版本，还在法国与瑞士获奖，我也没表现得太兴奋。每每收到译本，翻一翻，在新纸和印刷的油墨发出的香味中新鲜一会儿，便放在书架上。

难道文学不再与我紧密相关了？

这期间我心里装着的大多是绘画。特别是在巡展期间，各种事做得是否精到都与画展的效果密切相关，而且我每到一地举办画展，都必须挂上几幅得意的新作才使自己有"不断前进"的感觉。《树后边是太阳》《小溪的谐奏》《温情的迷茫》等那一批大画都是在1992年秋天重庆画展上才出现的。1992年的这批画，更能表现我绘画"散文化"的艺术追求。我认为如果古代文人画的文学性是诗，现代文人画的文学性应是散文。因为散文有叙述性，人人都可以写，与现代人关系更近。在这样的绘画观中，我感觉自己绘画的面貌愈来愈清晰，创作的欲望愈来愈强，心灵世界愈来愈宽广。

重庆画展之后，我把全国巡展的收官之作放在北京的中国美术馆。由于此前两年在各地举办画展所积累的影响，更由于上世纪八十年代新时期我每年一半时间在北京，北京文艺界的友人熟人太多。开幕那天出席的宾客挤满了二楼的三个大厅。很多人今天已经不在了，如冯牧、陈荒煤、吴祖光、丁聪、于洋、谢添、张权、英若诚等。我还保留着一些文学前辈因身体不好而不能出席的祝贺信，如季羡林、严文井、叶君健、杨绛和钱钟书先生等等。我请当时受到"冷遇"的王蒙致辞。有家报纸用《非画展，是人展》报道那天的盛况。给我留下最深印象的是歌唱家关牧村和张权在那幅秋苇摇曳、情境感伤的《往事》前流下泪水，他们从中想到自己凄凉的岁月。很少会有人在山水（风景）画前流泪的情况，由此使我坚

* 在宁波举办画展期间，为抢救贺秘监祠而卖画。这是媒体发表的相关讯息
* 买画的人中有台湾"应式棋点法"创始人应昌期先生，他选中了《老夫老妻》

信这是绘画"散文化"——文学的力量。唯文学才有这样至深的蕴藉与情意，单纯视觉的绘画难以这样透入心灵。

北京画展使我对自己绘画的前景有了进一步的信心。可是我收到的几封读者来信却告诫我不要浪费自己，还责怪我逃避现实，不敢操用文字的锋芒，只在水墨丹青中苟且求安。老实说，我当时并没有做任何抉择。我知道，只不过由于文学的中断带来的彷徨和失落，致使一个仪态万方的"昔时的情人"乘虚而入，走进我的世界中来。

三、"作家的情怀"

对一个时代文化的自觉，不是别人告诉我们的，是我们渐渐觉察和觉悟到的。虽然文化可以看见，但文化的问题总是隐藏在生活里，文化的转变总是在不知不觉之中。所以，开始时可能只是一种感觉和察觉。出于某种敏感而有所触动，还会情之所至地做出反应。可是如果它是一个新时代注定带来的，你就一定要思考了。只有思考才会产生自觉。

自从上个世纪八十年代，我便感到了"年"的缺失。有生以来，过年只是我们的一种一年一度自然而然的传统生活。我们不曾把它当作文化。但现在却忽然感受到"年味"的淡薄与失落。千百年来一直年意深浓的春节，怎么会只剩下了一顿光秃秃的年夜饭？人们甚至还在若无其事地随手抛掉仅存无多的剩余年俗。比如上个世纪九十年代初各大城市一窝蜂学习香港"禁炮"。那时亚洲四小龙的一切都是我们艳羡的楷模。鞭炮成了城市文明的敌人。天津是中国大城市中最富于年味的，天津人最在乎过年，这情景我在《激流中》最后一章写过。当时，天津是唯一年夜可以燃放鞭炮的城市，可是渐渐也卷进"禁炮与否"的争论中。我立即写了一篇文章叫作《禁炮不如限炮》。我反对禁炮。我的理由是：

中国人的年是文化含金量最高的节日。但眼下正在一点点被淡化、被取代、被消除。除夕间饭馆的包桌定座正在代替合家包饺子吃年饭，电话拜年和FAX拜年正在代替走亲访友。如果再禁了鞭炮，春晚又不尽人意，年的本身便真的有名无实了。有人说，可以去旅游呀，去唱卡拉OK呀，去滑冰呀，但那样做我们还能找回年的情感吗？年有它专用的不可替代的载体，这便是那些千百年来约定俗成的年俗。

现在禁炮之声正在蔓延。理由振振有词。倘说鞭炮不文明，西班牙人传统的斗牛岂不更野蛮更危险？倘若说鞭炮伤人，游泳年年淹死人，拳击和赛车更伤人害命，又为何不禁？倘说污染，还有比吸烟污染更严重，并直接进入人的身体。谁又呼吁过"立法"禁烟？最多不过劝人"戒烟"罢了。

世上的办法很多，为什么非用一个"禁"字？

"禁"是一种消灭。如果灭掉鞭炮，被消灭的绝不仅仅是鞭炮包括污染，而是一种源远流长、深厚迷人、不可替代的文化，以及中国人特有的文化记忆与文化情感。我们不会在文化上这么无知吧。

这是我最早的社会文化批评。

这篇文章在当时影响甚大的《今晚报》上发出来，马上引起了十分热烈的社会呼应，致使当时市人大的一次会议上做出"暂不禁炮"的决定。我闻讯赶紧又写了一篇文章《此举甚妙亦甚好》，称赞政府"体恤民情，顺乎民意"；同时呼吁百姓与政府合作，燃放鞭炮时要有节制，注意安全。我这篇十分"讲究策略"的文章奏了效，使得天津的年夜一直可以听到除旧迎新的炮声。很多禁了炮的北京人除夕那天跑到天津放鞭炮过年瘾。

自上个世纪八十年代中期，每到腊月二十三日左右，我都要往两个地方跑一跑。一是东城外天后宫前的广场，这里是传统的年货市场。这市场不卖食品，全是岁时的用品与饰物。如鲜花、金鱼、吊钱、窗花、福字、香烛、年画、供品、绒花等等，红红火火，都是此地人深爱的"年货"。但十年"文革"中被视作"四旧"遭到禁绝，致使广场成了一片了无人迹的空地，广场中心甚至长出很高的野草。"文革"后百废俱兴，这里又恢复为津地年俗最浓郁的地方，自然是感知年味最好的去处。此外，我还要跑的地方是津西的几个乡镇，杨柳青、独流和静海一带。为了到这些地方的集市里挤一挤，每去之前先要打听好哪一天是集日，我说过"农民过年的劲头是在集市上挤出来的"。我到这些地方还有一个具体的目的，就是寻找地道的农民印绘的粗粝又质朴的木版年画。这些地方全是古老的年画之乡，我对这里农民印绘的乡土版画情有独钟，特别喜爱。"文革"前我从这里收集的许多珍贵的年画，"红八月"时都给烧了。可是到了八十年代，再跑到这些年画之乡来，却很难见到手工印制的木版年画了。仅有的年画摊大都销售廉价又光鲜的机印年画。八十年代中期，在杨柳青镇西边一个街口还有两三个卖年画的地摊，但品种少得可怜，只能买到老版新印的《灶王》《全神》和《缸鱼》。唯有一个卖家那里能买到一些大幅的贡尖，如《双枪陆文龙》《农家忙》《大年初二迎财神》和纯手绘的《五大仙》，后来这些年画摊被作为不法经营取缔了。有一次，我跑遍杨柳青竟

* 那时每逢春节，天津西南的集市是我必去的地方，曾经驰名天
  下的杨柳青年画已经难得一见。我们文化的香火就这样中断了
  吗？
* 找出些时间和民间艺人们聚一聚

然一个年画摊也没找到，我站在这个徒有其名的"年画重镇"空荡荡的街口，心里一片茫然。

1990年春节将临，央视记者敬一丹约我去杨柳青镇子牙河边一个小小的四合院，做一个过年的节目。媒体的消息比我灵通。他们听说镇上有一家年画老店玉成号——霍氏一家，近日把"文革"期间中断的祖传技艺重新恢复起来。现在这家老少三代齐上阵，"婆领媳做"，你印我画一条龙，我看了很感动。这在寂寞太久了的杨柳青镇，如同死灰复燃。我暗暗地想，怎么才能把这些古老的年画技艺保住，用心呵护并让它蓬勃起来？

当时，市内的杨柳青画社社长李志强是我的好友。他是画家，酷爱乡土艺术。我俩都痛感到古老的年画自"文革"以来一直没有恢复元气，应该为它做些事，把它振兴一下。当下决定由天津市文联和画社合办一个大规模国际性的年画节，邀请全国各个年画产地参展，举行学术研讨。时间放在当年腊月二十三日至正月十五日，虽然这个时间刚好在我为期两年个人绘画巡展的中间，但我那时不到五十岁，精力充沛，完全可以同时来办这个年画节，并立志要把这个艺术节办得具有文化深度与艺术魅力。天津民间文化资源丰厚，民俗、民艺、工艺、戏剧与曲艺等等，还有一些历史建筑都是顶尖的东西。如果真的将这些资源有声有色地调动起来，就不只是一个年画节和艺术节，而是城市传统的文化节了。

为此，在运用这些传统文化时，我们刻意把一些已经被时间的尘埃埋没的事物和细节，挖掘出来擦拭干净，重新亮闪闪的放在人们面前。在做这些事时，为了让历史的光芒重新照耀今天，我们发挥了许多非常美妙的文化想象。

比如，我请李志强把杨柳青年画"勾、刻、印、画、裱"全过程放在年画作品展中，好让普通民众了解木版年画复杂又精湛的技艺，这在当时的民间艺术展中是从未有过的。再比如我把开幕活动特意放在南门内建筑极华美的广东会馆，请来各道皇会、中幡、风筝魏、捏粉、书春、刘海风葫芦、石头门槛素包、面具刘、桂发祥麻花、栾记糖画、玉丰泰绒纸花等等各种民艺在会馆的院内外列开阵势，全面展示津地传统民艺的精粹。会馆戏台上演的开场戏是古老的《跳加官》，《三岔口》用上了数十年没见过的"砸瓦带血"；台口立着写了当场戏码的水牌子。台下有几桌"观众"是由天津人艺话剧院演员扮演的，他们身穿收藏家何志华先生提供的清末民初的老服装，表演昔时人们如何看戏。剧场里还安排一些演员表演老戏园如何沏茶斟水，卖零食香烟，扔热手巾把儿。连看戏的宾客们手里拿着的戏单，都是严格按照老样子，由年画社的老画师刻版印制的。就这样，完完整整呈现出津沽特有的戏园文化。让那些从北京来的文化界人士吴祖光、新凤霞、黄苗子、杨宪益、王世襄、黄宗江、凌子风、于洋等等看得如醉如痴，更叫天津身怀绝技的民间高人们引为自豪。闭幕式换了地方，设在杨柳青镇出名的石家大院。

那天是元宵节，杨柳青人也要在大批中外贵客前展示自己风情迥异的民俗民艺。"打灯笼走百病"是搁置久远的元宵旧俗，这一天却让它重新回到古镇的生活中，以表达这个岁久年长的年画之乡美好的文化情感。这一来，带动起天津各县纷纷复活自己的年俗节目，炫示自己独有的生活风情。年不就被我们召唤回来了吗？

那天杨柳青石家大院的元宵晚会散了后，我在那满是雕花的门前送走了四面八方的客人。成百上千杨柳青百姓都挤在那里一同笑脸送客。我心里很温暖，折腾了半个多月地域文化的精华，确实得到了一些充实。当然，时代对传统的消泯之势并不可能被我们这一点点努力挡住，然而我高兴的是百姓表现出的对自己地方传统的热爱与自豪。我在为记录这次活动所编写的《津门文化盛会考纪》的

考 紀

津門文化盛會

中國天津楊柳青國際年畫藝術節圖册

TEXTUAL RESEARCH AND
RECORD OF GRAND
CULTURAL MEETINGS
IN TIANJIN
Album of Tianjin International
Art Festival of Yangliuqing
New Pictures, China, 1992

* 这次活动的纪念图集《津门文化盛会考纪》

序言中说：

　　辛未岁阑，壬申新春，津门一些有志弘扬地方文化之士，倡办杨柳青年画节。以民间年画来办文化艺术节，乃中华大地史来之首创。

　　津人尤重过年，故气氛尤为炽烈，中外友人踊跃前来，百姓热情投入，年俗传统一时得以复兴。活动总人数何止数十万，海内外见诸报刊文章竟达二百多篇之多。影响可谓深广，此节可称盛会。

由此我想，我们还应为自己的城市做些什么？

记得一位记者问我："你做这些文化保护的事，最初的动力来自哪里？"

我想了想说："一种情怀，应该是一种作家的情怀。"

为什么是作家的情怀？什么是作家的情怀？

情怀是作家天生具备的。作家是理性的，更是感性的。作家的情怀是对事物有血有肉的情感，一种深切的、可以为之付出的爱。我对民间文化的态度不完全是学者式的，首先是作家的。在作家眼

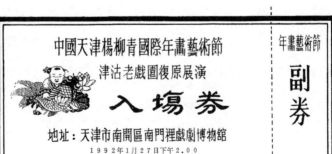

* 戏单和门票。戏单是请杨柳青年画刻版艺人专门雕刻印制的，式样仿照老戏单

里，民间文化不是一种学问，不是学术中的他者，而是人民的美好的精神生活及其情感方式。

因此，作家的情怀往往就是作家的出发点与立场。

可是那时，在我的行动和思考中还是出现了一些超出"情怀"的东西。在此次年画节留下的资料中我发现，在利顺德饭店举办的国际学术研讨会上我说了这样两句话："当我们对年画的研究进入文化的层面，就会发现它天宽地阔，它是一宗宝。它不仅是无比丰富的艺术遗产，还是无比巨大的精神文化遗产。"

那是上世纪九十年代初，我已经说出优秀的民间文化是"文化遗产"这个概念。不知道我当时怎么产生这样的概念与想法，但是它至少可以说明我已经站在时代转型的立场上来关注民间文化了。这应该是我十年后倡导全国"民间文化遗产抢救"的思想的由来了。

四、甜蜜的1993和1994

　　每个人的一生都会有几个年头很特别。对于我——1993年和1994年这两年很特别。此前的"新时期文学"是我尽文学责任的十余年，此后的"文化遗产抢救"是我尽文化责任的二十余年。中间短短一段时间，特别是1993年和1994年是非社会责任的两年，是欢度自己艺术"蜜月"的两年，是纯属于我个人的两年。

　　1992年在中国美术馆办完画展，全国巡展收官，我又回到文学与绘画创作的快乐里。1993年画展开始应邀搬到国外，首站是奥地利的维也纳。在海外办展览反而更简便，将几十幅作品卷成一卷儿带到国外，那里有专业布展人员可以把展陈做得很完美。自己反而有时间各处游赏，结识朋友。我看异国，总是离不开艺术审美和文化比较的角度。奥地利这个充满巴洛克式华美艺术精神的国度让我处处得到享受，也得到启迪，回来便止不住写出许多唯美的文化游记。我喜欢这种生活，最美的生活是精神的欢愉。这才是一种纯粹的艺术家的生活。你敞开心灵，用心灵与使你感动的事物对话，你用笔触的缓疾和色彩的明暗去追寻变幻不定的心绪，用文字的锐度刻画出你清晰的思想……我请一位要好的摄影记者杨飞给我拍了一张照片：我脸上笑嘻嘻，一手握着作画的毛笔，一手拿着写作的钢笔。这并非想炫耀自己能写善画，而是想表达我对此时的生活很惬意。

在多瑙河峡谷瓦豪那个著名的浅蓝色的教堂前，我对妻子说："趁着咱们现在有劲儿，应该一个一个的国家去跑一跑。"我还说，"'文革'时我不是对你说过，要带着你到各国去游玩？"妻子笑道："那时怎可能出国——出国是叛逃，你那是骗我。"

我说："幸福有时需要自己骗自己。没有不切实际的梦想我们能度过那个时代吗？"

新时期以来我们的文学一直为了一种责任一种使命，现在似乎要开始一种个人主义的纯文学和纯艺术的生活了。那一年我顺风顺水。小说在国内外不断获奖，各种语言的新书接连出版。

特别是在1993年秋天里，我一直热切期盼建立绘画工作室的想法有了着落，我用画换来一处房子。这房子在小白楼地区开封道街口。开封道是租界时代美租界的一条小街。美租界是昔时天津九国

* 一手钢笔，一手毛笔，是我二十世纪九十年代个人的"文化形象"

租界中最小的一个租界区，总共只有两三条窄仄的小街，夹在盛气凌人的英租界和德租界中间。我这房子紧挨着一家西餐厅起士林。对面是一排美式精巧的尖顶小楼，靠最北边的一座小楼的外墙上刻着1904的年号。它们无疑是美租界最早的建筑。可惜这排老房子不久就被拆了。

那是个狂妄无知的视文化历史如粪土的时代。

我这房子并不临街。临街是一个低矮的方形门洞，钻过门洞却有另一番天地。一个长圆形的院子，中间是长长的花池，几株枝叶婆娑而歪斜的老树，周围一圈是三层的公寓楼，它原来是犹太人聚集的居所。记得小时候，开封道是一条商业街，有许多很吸引人的专卖洋货的小店。这院落里的犹太人都很富有，花池里开满红玫瑰，院里总响着从这家或那家传出来的钢琴声。不过现在时过境迁，早成了破烂不堪的大杂院。然而我喜欢这种有历史的英式老楼。房间不多，却都宽大舒服，还有一种神秘感。每个单元里餐室一侧都有一个厚厚的小木门，内藏一条湿漉漉黝黯的暗道，一条生了锈的铁梯通到房顶，铁梯下边可以藏酒。

我得到这房子后便马上动手装修，很快就依照自己的理想建成一个带点浪漫气质的艺术工作室，取名叫作"大树画馆"。为什么称自己的画馆为"大树"？开馆时我写过这样一段介绍性文字：

> 大树画馆乃我理想的艺术天堂的一角。它是我个人的书斋画室，也是以文会友与广结艺缘之沙龙。但求书香融墨香，慧见启哲思，修心亦修行。
>
> 大树画馆之"大树"二字，取意于冯氏先祖汉将冯异，立功为国，但不求利禄功名，每见众将论功，则避于一棵大树之下。因被尊称"大树将军"。
>
> 敬我先祖高风亮节，故以大树为馆名。

我老家慈城人全都知道一副对联"大树将军后，凌云学士家"。我取名"大树画馆"原来还有一种故乡情结。

画馆建好，我请冰心老人为我的画馆题匾。馆内摆上巨大的画案和书架，墙上挂画，四处陈放我珍藏的精美的古代石雕、木刻、彩陶、老瓷器和民俗文物；还请来一位敲键盘如弹琴的年轻人帮我打字。我所期望的诗文书画的艺术家生涯就此开始了。

这样顺风顺水、五颜六色地一路来到1994年，开端就把一组包括七八个短篇的《市井人物》发表出来。这是我在《神鞭》和《三寸金莲》之后，此类小说迈出的新的一步。

为了这一步，我在这一类小说的文本、语言、文字、方法和审美上琢磨了好几年。在当时文坛的多数作家都竞相掉进"宗法洋人"的泥淖时，我依然想从唐宋传奇、笔记小说到《聊斋志异》这条古道上再往下走几步。我不相信古人把路走尽了，我想在这苍老的泥土中开几朵自己的矢车菊。

把一个个独特的人物个性和天津人的文化共性作为文学目的，讲究文字的精简并与方言相融合，将"非常的"细节作为一种"点石成金"的法器，是我为这组小说刻意的设计。我给每一篇小说的任务是真正"立起来"一个人物，再把这些小说放在一起就是一群活生生的各色人物和天津人的集体性格。我至今也没有终止这一系列小说的写作，一直在一篇一篇地写。如果当年不是转入文化遗产抢救，可能早早就写出上百篇了。同时，自上个世纪八十年代末期以来我还在一篇篇写着《一百个人的十年》，后来也是由于投身到文化保护中，这些渐渐都终止了。所以说，谁也不明白我为文化遗产抢救付出了怎样的自我。

然而，我的人生从来没有抱怨，因为全是自己的选择。当

* 1994年9月由朝日新闻社主办"冯骥才现代中国画展"在日本
  东京中日友好会馆展出
* 大树画馆内放着许多我喜欢的东西

然——除去"文革"。

1994年这一年的历程可以说是我人生历程的缩影——从文学，到绘画，再到文化遗产抢救。

开始是《市井人物》面世，反响热烈。跟着为了《三寸金莲》英文版的出版，我应夏威夷大学出版社之约跑到美国，与翻译家大卫到波士顿出席这本书的发布会。随后汉学家葛浩文与华裔学者刘禾分别约我到科罗拉多大学与旧金山的伯克利大学演讲，讲的全是我所关注的文学与"文革"，以及三寸金莲和国民性问题。

从美国回来我被两家海外媒体拉到国外去办画展。一是新加坡报业集团，一是日本的朝日新闻社。

新加坡的几家报社的老总与我很熟。早在上世纪八十年代我和谌容去新加坡访问时就与这些媒体结识。当时新加坡人口的百分之七十六是华人。他们的诗人淡莹和王润华与我早就结为好友，所以在新加坡不大像在国外。演讲时他们关心的作品也都是中国最新最热的作品，比如贾平凹的《废都》。在当地的书店给读者签名时，一个年轻人推来一小车几十本全是我的书，使我吃了一惊。这种事只有在自己的国家才能碰到。不像在西方演讲时，很多听众脑袋里的中国还是十九世纪传教士笔下病病歪歪的"CHINA",所以西方人一直对中国的"病"很关心。这样一来,给我们带来的问题是,我们似乎也只关心我们的"病",不关心自己文化中的"美德"与"美"。

日本人邀请我去办画展,缘自1992年的重庆画展。当时《人民日报》社邀我出席中日韩联合举办的"展望二十一世纪亚洲国际研讨会",会议的论坛设在从武汉到重庆的长江游轮上。到达重庆的第二天我的画展开幕。与会的各国学者都到展厅看画。四川省省长肖秧在致辞时,在我的名字前故意幽默地念了一大串我身兼各种职务的头衔。我的头衔真不少,其实全是虚衔。我致辞时便开玩笑说:"一个人不能'当官'太多,太多就给别人介绍你时找麻烦。现在我不要这些没用的头衔了,如果非要一个,就叫'人民的'作家和画家吧。"这话逗得来看画的朝日新闻社的社长中江利忠先生大笑。他喜欢我的画,就请我去日本办画展。

赴日的画展选址在东京的中日友好会馆。朝日新闻社将画展做得很精心,不但采用形制与色彩一致的镜框,还精印了画集,并请平山郁夫先生作序。当时我在日本已有多种文学译本,故而演讲时与读者交流的话题颇多。日本是一个崇尚精致和重视视觉美的民族，与他们一起可以把美术的话题谈得很深。中国人的艺术品位也极高，缘何明代以后走向粗鄙？今天，除去少数精英还在坚守自己民族的精粹，大众早已经无视甚至轻视自己的文明了。这种悲哀在我后来进行文化遗产的保护中感受得愈加深切。

为此，在东京美术学院与平山郁夫交谈时，我特别能接受他的一番批评。他说："中国的历史悠久，但每个朝代都是一次重复。每每改朝换代，只关心易旗帜，换年号，改币制，视前朝故旧为反动，可是一切做法与前朝无异，并无两样。故而历史久，却没有进步，只是原地踏步。这是你们的问题。"

他的批评是学者式的，没有恶意，又很中肯，故而引我深思。

每到海外我都会不自主地启动两种思维：文化比较和自我反思。

自日本归来不多时候已到年底，忽然从媒体传来一个消息：马上就到建城六百周年的天津老城要被彻底拆除，片瓦不留，全部荡平，然后建起一片商业化的新城区。这个消息如五雷轰顶。谁也不会怀疑这个消息的真实性。因为这时一个可怕的口号已经响彻中

* 1994年《三寸金莲》英文版出版,应夏威夷大学出版社邀请,到波士顿参加新书发布会。左为翻译家大卫
* 《三寸金莲》(英文版)封面

国：旧城改造！无以数计的"拆"字像雪片一样由天而降，正在撒向中国大大小小所有城市！

谁也没想到这个翻天覆地的城市改造的大潮，忽然来到自己的城市，一下子扑到自己身上！

据说即将拆除的老城区，将由天津和香港的开发商联合建造一座"龙城"。不用去猜龙城什么样，很快我就收到一张彩印的关于龙城未来的广告。广告这样描述他们的"规划"：老城南部以摩天轮、室内过山车和4D数码影院为主，城厢地带建高档写字楼、豪华酒店与商务中心。老城东部将建起一片溢彩流光的"铜锣湾广场"。这张广告上还用大字宣称：它是"纯粹香港风情，让人忘了身处天津！"

让所有天津人，身在天津，忘了在天津？

这就是那个疯狂的时代和时代的疯狂。疯狂地改天换地，疯狂地利欲横行，疯狂地文化扫荡。

我感觉自己一下子蹦了起来，从一己的世界蹦了出来。

五、第一次文化行动

几乎是突然之间，我刚刚建起不久的画馆好像变了性质。进进出出的已不是文人逸士，而是一个个风风火火带来老城各种危情的友人。这些人都是在本土历史文化上与我志趣相投的人，还有本地的一些乡贤与"天津通"。他们一下子都聚到我这儿来，全都神色凝重和紧张。这很自然，毕竟生养了我们的这块土地要被"掘地三尺"了。尤其我的老友张仲先生，天津老城拆除跟刨他的祖坟差不多。在此地的文化人中，再没有一个人比他更深爱天津。城中的一切一切包括生活的气息和气味都深藏在他的心里和情感里。有一天他跑来三次，带来的全是关于老城的"坏消息"。我的画馆有点像战时的小联络站，画案上高高矮矮满是招待客人的茶杯。谁都知道政府对一座城做出的决定是不可逆的。张仲说，我们总不能眼看一座几百年的老城在眼前说没就没了。

他的话使我深受触动。我的大量小说与散文都来自老城，我的人物都是在这块土地上生出来的。作家与他笔下的土地生命攸关。我怎么能接受自己心爱的老城实实在在地毁灭!

我做出一个决定:拍照。用摄影把这座城市的影像"抢"下来,记录下来,保留下来。我们这座老城从来没有一本自己的图册,我要为它做一本。这是我能做和必须做的。

后来我想,这个想法可能与我二十二岁时用一架破相机调查与记录天津的砖刻有关。可是,那一次个人可以独立完成,这一次工作量浩瀚,我需要一个团队;而且由于这纯粹是民间行动,必须全是志愿者。这个团队要由两部分人组成,一部分是精通天津史的专家、建筑师、文化与民俗学者,他们负责调查与选择拍摄内容;还有一部分是摄影家,负责影像记录。我与这两部分人平时多有接触,很快拉起一支关切老城存亡的志愿者队伍。可是,比我们的速度还快的是官方对老城改造的启动。媒体上对"老城改造在即"已大造声势了,每条消息都给我们增加压力。因此,我们这支几十个人的"杂牌军",在没有做好周密研究并制定严谨计划的情况下,就匆匆地入城工作了。何况我们中间多半人并不生活在老城里,对老城一半熟悉一半陌生,只能一边与老城改造抢时间,抓紧拍摄;一边调整与修改工作方式。

最初的方式是"分区划块",即先把老城划分成若干版块与区域,由熟悉老城的专家带领一队队摄影师分别到各个区域工作。可是很快发现大家拍摄的内容杂乱不一,不规范,便在分区的基础上增加分类内容,如城区面貌、街头巷尾、名人故居、历史遗址、商铺店面、院落民居和生活民俗等。先由专家确定重点,再请摄影师去拍摄。每天大家都把拍摄好的胶卷连同文字记录送到画馆,然后冲洗照片、分类整理和编写说明。这种被逼上梁山的事谁也没做过,但凭着大家的诚心诚意和目标一致,如此庞杂的工作进行得还算顺利。工作的一切费用只能由我的画馆担负。我的办法是"从迷楼到贺秘监祠"一路采用的办法——卖画,得款用于买胶卷、照片冲洗、车费和工作餐费等等。那时的志愿者们都非常纯粹,他们常常是自掏腰包,不向画馆报销,让我对他们心生敬意。我最喜欢和一些志同道合的人做这种社会性的纯文化的事情。

我一边工作,一边去找政府相关部门,争取"说服"他们保留下来一些城市重要的历史依据。当时天津距离建城六百周年只差十年(天津建城是明代永乐二年,公元1404年)。虽然城墙在1900年义和团运动后的《辛丑条约》中,被西方列强胁迫拆除,但城中的原始格局与肌理一动未动。这座中国北方名城的许多珍贵的历史细节依然如故地保存在城中。一座岁久年长、破败拥塞的老城当然需要修缮和改良，但城市的历史不能一扫而光，当成垃圾那样丢弃。像黑格尔说的"倒洗澡水连孩子一起倒掉"。我必须设法劝说政府给城市留下历史。此外，由于我们这么做是民间自发的行为，而城中的一些宅院是公家的单位，若要进去调查和拍照，需要得到政府相关部门的理解、同意与支持。可是，要想得到理解需要费口舌，要想得到同意和支持就困难了。这些管事的人向我要字要画是常有的事。他们都说自己是我书画的爱好者，想收藏我的"墨宝"，而且往往一要就是三份：本人一份，秘书一份，司机一份，开口向我要字要画的当然都由秘书出面开口，无法拒绝，只能照办。好像我们做这些事是为了自己。

那些日子我们天天在城里转来转去，因此也获得了大量的文化发现。比如带有年号的老城砖、明代木门与古井、马顺清和刘凤鸣的砖雕、刘杏林的木雕、名家题刻的老牌匾、上马石、义和团坛口、八国联军屠城的弹洞，以及数不清的精美的雕花门楼、槥头、影壁、墙花、门墩、烟囱、窗扇、花罩、滴水等等。式样之多之美，难以详记。虽然我青年时做过天津砖雕的调查，也不清楚此地烟囱的花式竟然如此丰繁。看得愈多，愈觉得老城拆除实在可惜。

* 在窑洼炮台附近发现一块有重要历史信息的古碑

可是真到了拆除之时，谁会爱惜这些细节，不就一推了之？现在想这些已经没用了，老城已到了说拆就拆的时刻，我们只能尽我们之所能。一方面请摄影家将城中所有重要的街巷都留下一张影像，一方面请天津大学建筑学院的靳其敏教授携学生将那些豪门宅院如徐家大院、益德王大院、卞家大院等做了测绘，多留下一点资料。这可是天津人的老家啊！

历史给我们的时间真是太苛刻，不过一个多月，春节将至，我们得到的信息是，老城过了年就动迁。我灵机一动，请一位记者在除夕之夜爬到城北一座当时最高的酒楼顶上，拍摄城中子午交时燃放鞭炮的景象。可能城中百姓知道这是近六百年老城最后一个春节了，到了这一刻，不约而同全都跑到院内和街头燃放鞭炮。一时烟花升空，万炮轰天。虽然楼顶风大，摄影家却感到了无比地震撼，震耳欲聋的鞭炮似有与生养自己世世代代的老城告别之意。他按下快门，为老城留下了这张中国城市史上最生动的"死面相"。

对老城的抢救行动一直进行到第二年初夏。1995年6月7日老城改造开始动工。媒体接连发出《五百年老城厢今日改造发轫》和《天津龙城建设工程打响》的消息。香港安信集团请来巴马丹国际设计公司将把这一公里半的老城区改造成高楼林立的现代商贸区。我感到这些消息像一块块巨石压在我身上。一方面我要去跟政府的相关部门和领导交谈，把我们此次活动抢救性调查获知的重要的历史文化信息告诉他们，把专家们关于老城保护的意见转呈给他们。一方面加紧整理抢救成果，摘精选粹，编撰一本老城的影像集，尽快出版，好拿着它说服领导，为老城留下一些历史精粹。

我做这种事的身份有些特殊。一方面我们的行为和团队都是纯民间的，是志愿者的自动集合，这在现行社会体制中是很难与官方对话的。可是另一方面我又是文联主席，知名作家，全国政协委员，民主党派，政府部门和相关领导对我比较尊重，我能把一些专家和公众的意见告诉他们。然而，我做的事又是给政府找麻烦的，与官员们追求GDP有刚性的冲突。但我不能不做，因为这是一个文化人的文化原则和文化立场。这一来我就陷入一种纠结之中。

这件事能不能做好，就看两个方面了。一是看官员有没有文化眼光，懂不懂文化。如果官员懂文化，事情就有松动的可能。一是看我们自己，是不是执着，智商如何，与官员打这种交道是需要较高的智商的。

应该说，在那个时代有文化眼光的官员虽然不多，但还是有的。比如市长李盛霖，他就希望我"关心老城"，介入开发商的改造计划。正是这样，经过大家艰难的努力，总算将鼓楼中心那一块城区和东门内大街原生态地保留下来，还有几个著名的建筑精华杨家大院、徐家大院、卞家大院和仓门口教堂等一些重要的历史建筑免遭拆除。当然，这几个当时费尽心机保住的大院，后来渐渐仍旧被贪婪的商业开发一个个蚕食掉了……

此时，我虽然没有掉进漩涡，一只脚已经踏进来了。

很快，我们为老城编辑的图集——《旧城遗韵》基本编好了。我在序言《甲戌天津老城踏访记》中这样记叙这一空前的文化行动：

甲戌岁阑，大年迫近，由媒体中得知天津老城将被彻底改造，老房老屋，拆除净尽，心中忽然升起一种紧迫感。那是一种诀别的情感，这诀别并非面对一个人，而是面对此地所独有的、浓厚的、永不复返的文化。

天津老城自明代永乐二年建成，于今五百九十余年矣！世上万事，皆有兴衰枯荣，津城亦然，有它初建时的纯朴新鲜，一如春天般充满生机；有它乾隆盛世的繁茂昌华，仿佛夏天般的绚烂辉煌；有道咸之后屡遭挫伤，宛如秋天般的日益凋敝；更有它如今的空守寂寞，酷似冬天般的宁静与茫然……而城中十余万天津人世世代代繁衍生息于此，渐渐形成其独特的生活方式和文化形态，并留下大量的历史遗存保留至今。这遗存是天津人独自的创造，是他们个性、气息、才智及勤劳凝结而成的历史见证，是他们尊严的象征，也是天津人赖以自信的潜在而坚实的精神支柱。而津城将拆，风物将灭，此间景物，谁予惜之？于是，本地一些文化、博物、民俗、建筑、摄影学界有识之士，情投意合，结伴入城，踏访故旧。一边寻访历史遗迹，一边将所见所闻，所察所获，或笔录于纸，或摄入镜头。此举应是有史以来对老城文化一次规模最大的综合和系统的考察。

我称此举是一次文化行为。

这一文化行为有两个目的，一个是成果，一个是过程。成果是指通过这一行为获得新的文化发现；过程是指通过这一行为所引起世人对文化的关注。应该说，这两个目的——成果与过程——同等的重要。或者说，文化人更注重后者，即过程。

因为这过程针对世人，也影响着后人。

应该说，在这一点上我们的目的达到了。一年前刚刚开始对老城抢救性调查和做影像记录时，我们在城里跑来跑去时，人们不知道我们做什么。那时我们经常穿街入巷甚至入户与他们交谈，了解他们对老城改造的态度与想法，了解他们生活的现状与记忆的历史，也讲我们的想法，渐渐得到他们的理解，以致热情的支持。我们想上房拍照时，他们会搬来凳子和梯子。在动迁那些天，老百姓还全家人在屋前、院中与街区合影留念。也有一些住在其他城区的人跑到老城里留影纪念。这表明人们开始在乎自己的老城了——这正是我们想看到的。当这本《旧城遗韵》图集出版后，我们举行几次签售活动，要求签名的队伍排出几十米长。显然他们知道这是生养自己难舍难离的故城、故乡和故土。

于是我开始思考。反思我们的时代到底发生了什么变化，我们遭遇到怎样的困难，国人的精神出现了什么问题，历史文明在当代生活中应该是什么位置，以及文化遗产的本质与价值究竟是什么？我听说《旧城遗韵》出版后，一些小古董贩拿着这本书到老城中按图索骥，寻找图集中的砖雕木雕。我还发现一些本来与此相关的大

* 1994年底天津决定拆除老城，一下子把我从绘画中呼喊出来。我的文化保护行动即刻开始了
* 老城的一切永远保留在这部画集中了
* 这套《小洋楼风情》对于天津租界遗存的保护起到至关重要的作用

学、研究所和博物馆却没有人影出现在转瞬即逝的老城中。我们的知识界到底出了什么问题？我们的知识分子跑到哪儿去了？我的笔向来与思考同步，我开始写一些文化批评的文章，表达心里的纠结，也提出自己的一些思考。最早的一组题为"文化忧患"的文章发表在《文汇报》上。第一篇《文化四题》就用"建设性破坏"这一概念，对当时的历史文化破坏进行本质地批评。那组文章中《伪文化之害》《文化眼光》《博物馆是改革开放的盲点》等都直接针对现实的症结。那篇阐发"年的内涵"的文章《年文化》更是忧患于人们日益对年的漠视。这一组文章受到广泛的关注，由此使我找到自己在文化保护上的另一个武器：写文章，动用文化批评这一利器。文章可以深化对社会的思考，还可以与大众直接沟通。因而，文化批评一直伴随着我二十多年来文化遗产的保护。所以我说我的手一直紧握着笔，从来没有放下。

在《旧城遗韵》的序言里我还写了这样一段文字：

此集编成之日，笔者只身又赴老城，于老街老巷中，踽踽独步，感慨万端，长叹不已。那曲折深长的小道小巷，幽黑

檐头上风韵犹存的高雅的花饰，无处不见的千差万别的砖刻烟
囱和石雕门墩，还有那一座座气势昂然的豪门宅院……将我拥
在其间。想到它五百九十余年无比丰富的历史内容，一种独异
的文化气息使我深刻地感受到了。跟着，开头所说的那种诀别
感，又来袭上心头。忽感自己为这块乡土的文化作为甚少。编
制此集虽用尽全力，并得到朋友们的协力，以及政府部门和各
界有识者的热情襄助，但终究菲薄有限，仅此而已。文化人的
责任在于文化。于是殊觉又有重负压肩，当不得懈怠，倾心倾
力再做便是。

我这一段话也是写给自己的，告诫自己，不要背负自己。接
下来我们没有懈怠，又对天津老城之外两个重大的历史街区进行同
样的考察。一个是老城的北部与东部海河两岸城区的考察，这些地
区很重要，包括一些城市的源头，此外还有市郊各县。另一个是旧
租界区，天津是一座中国独有的华洋并处的城市，这一地区包括从
十九世纪末到二十世纪四十年代九个国家的租界，不仅风情独异，
而且蕴藏着极为丰厚的中国近代史的遗产。我们发动这两个城区的
调查，是因为在上世纪九十年代中期以后，中国城市改造已经铺天

盖地；天津在老城改造之后，又加速了整个城市的开发。改革似乎也出了问题，好像改造就是改革了。我感觉我们在与时间赛跑。由于我们前一段老城考察影响很大也很积极，这一次考察团队加入了很多志愿者。一天开发区还来了一位公司的老总主动要给予资助。

我出生在租界区，在当年英国人的推广租界五大道地区长大，对租界比较清楚。我知道天津租界无论是建筑还是历史记忆之丰富都无与伦比。可是这次钻进每一条胡同每一座建筑里还是如入异域他乡。我又一次被自己的城市迷住了。

一天，一位主管文教的市委书记找我说，市里有一种想法，想把五大道地区中心的民园体育场（足球场）挪到城市边上。将这个老体育场交给香港一个开发集团建一片高楼，问我有什么意见。我听了就急了。我说这可不行，五大道是天津最美的城区之一。各国各式建筑琳琅满目，历史名宅比比皆是，毛主席说的"天津的小洋楼"就指这里。如果中间盖一片高楼，这片街区就毁了，天津城市的独特性和整体性马上没了。接着我又说了一连串理由。我觉得那天我说得挺充分。这位书记听罢便说，他会把我的意见转达给其他领导。我回到家后心里一直不安，一周之后这位书记忽来电话告诉我，你的意见领导们同意了，民园体育场不动了。我听了满心高兴。直至今天还在感谢这位书记。有一点很重要，这位书记在大学是学中文的，因此他能看重城市的历史与精神，以及城市个性的意义。这也是我后来不断在政协呼吁领导要学习城市的历史文化，要让人文知识分子参与城市发展战略制定的缘故。

对老城外的两个地区的考察，直到编辑出书，工作量很大，前后用了两年时间（1996年—1998年）。两部图集分别名为《小洋楼风情》和《东西南北》。（《东西南北》之名取意于天津人对城外几个古老地区的爱称"河东水西，宫南宫北"）图书出版之后，我做了一件事，就是将这套图集向市里各位领导和相关部门负责人每人赠送一套。每本书的扉页上都写上一行字：

尊敬的×××同志：这是您心爱的城市天津，冯骥才。

书上的照片都很美，我想以此唤起他们对自己主管城市的关注与热爱。如果他们阅读书中的文字，一定能了解我们的城市观。比如在《小洋楼的风情》的首页，我写了一篇序，我谈的不是小洋楼的历史价值，而是小洋楼的未来价值。我们是为未来而保护历史。

在考察租界的同时，我没有放弃对老城的关切。我在给《读者》的文章《挽住我的老城》里写到一次我跑到老城里所看到的千家万户正在搬迁的景象。到处残垣断壁，成堆的废墟，到处是人们丢弃不要的杂物。一些人家在卖掉无用的东西中，有许多有价值的历史遗物混杂其间。数百年积淀的历史正在被现代大潮摧枯拉朽，场面令人震惊！我在市里一次会上碰到主管城市建设的副市长王德惠。这位市长是学建筑出身的，有文化良知。我对他说："天津人在这里用了六百年凝聚的历史文化的元气马上就散了。现在各地来了很多古董贩子正在'趁火打劫'。咱们应该建一座博物馆，把属于老城历史有价值的东西放进去。再晚就什么也没有了。"市长说："我也想到建博物馆了，你说怎么办？"我说："博物馆的东西不用政府去买，最好号召老城的百姓来捐。咱们可以发动百姓，做一个'捐赠博物馆'。这样做最大的好处是谁捐谁参与，谁参与谁关心。博物馆也有了乡土凝聚力。这事我可以牵头做，建博物馆的事得由您发话。"

第二天，王德惠市长就叫南开区区长赶紧找我研究建老城博物馆的事。这让我很感动。我想起这位市长一次对我低声感慨地说了一句："将来历史会说我们是有罪的。"他的话让我心一动。他主

* 一群自动结合起来的文化抢救志愿者

* 经过再三努力，建立起"老城博物馆"

管城市建设，很多重要的建筑都是他点头才拆的，但不是他非要拆的。在那个疯狂发展、破旧立新的时代，他有政绩压力，有上边领导的压力，有大势所趋的压力，也有老百姓生活贫困的压力。他也在漩涡中间。有时他必须做，有时他不能不做，有时他违心去做；他明白又无奈。但他又是一位少有的、能听进我们的意见的官员。老城博物馆多亏了他。

南开区政府对建老城博物馆很积极，区长带着城建、文化等主管干部一行人到大树画馆找我。很快就把各项工作及推进办法都确定了。我们在老城里调查，发现鼓楼东有一座临街的四进宅院，间量阔大，精致规整，原是南开区环卫局的办公大院，现在空着。用这座建筑做老城博物馆最适合不过。于是马上由南开区报到市里，随即得到批复，不出两个月，院落就修装好，我为"天津老城博物馆"题写了牌匾，然后就在这房子里举行博物馆成立仪式。那天，我将此前特意从老城买到的几件颇有文化价值的老东西带头捐了。媒体宣传出去，老城百姓热情响应踊跃来捐，大量属于老城历史记忆的珍贵物品便源源不绝地聚拢而来，让人温暖地感到百姓对自己的老城有情有义。我们总算把关乎老城命运的最后一个机会抓住。后来我在文章中说："由此我知道在当今中国，许多文化的事最终还要通过官员才能做到；我还清楚知道，历史交给我们这一代文化人的事情究竟是什么，就看你做不做。"

这时期，全国各地的城市改造狂潮愈来愈加凶猛。我的所作所为传播出去，不但没有让自己的处境有利，反而使自己压力愈来愈大。天天收到全国各地的来信，远不只是文学读者了。各种对城市遗产的报危与告急，日渐其多。在人们眼里似乎我有办法，其实我也只是一介书生，一个个体的作家和知识分子，我也是弱势的。但是，每一份告急的信件对我都是一个压力，如果我回信只是送去一些同情与声援，更给人家增添灰心和无望。有些信只好不回，将一种歉疚不大舒服地放在心里。

这期间，虽然我一直没有停止过文学与绘画，甚至我还受邀去美国旧金山办过一个小品画展，并在《当代》发表了一部实验性的揭示人类的贪婪和警示未来的中篇小说《末日夏娃》。小说发表出来，俄罗斯很快翻译过去，但我们的文学界却没有兴趣。看来，文学对于我已经使不上任何劲儿了。不曾想到，此后二十年我竟再也没有写过中篇以上篇幅的小说。经过这一时期（1994年—1998年）的城市文化抢救，我已经不知不觉从甜蜜的自我中走了出来，一步步走向一个时代的巨大的黑洞般的漩涡。

我说不知不觉，是说人不可能知道——自己现在做的事情对于自己一生的意义。

做一件或几件社会文化的事，可能出自一种情怀。但如果最终变为一种人生的选择，却一定出于一种思想，是思想的必然。所以在这本书中，我一直在寻找我思想的踪迹、脉络以及由来。

六、敦煌是我的课堂

1996年夏末秋初，一件写作的事进入我的生活。它不是纯文学创作，但它对我的意义特殊，不仅使我终身受益，而且有力地把我向漩涡里推，这就是为敦煌的写作。

为敦煌的写作与我的文化遗产保护有什么直接和必然的关系？当然有，我会渐渐说清楚。

一天，在美国生活了几年又返回北京的李陀来电话说，中央电视台想拍一部大型电视片，全面、深入、历史地呈现敦煌。那时美国时代生活公司的系列纪录片《失落的文明》影响很大，央视想用这种严肃的、非商业的、散文化加上情景再现的方式表现敦煌这样一个重大的中华文明的主题。导演由孙曾田担任。孙曾田是《最后的山神》的作者，此片在当时被公认为中国人类学电视片的代表作。他们想请我写文学剧本，我对这件事抱着很大的兴趣。我还没有去过敦煌，远在西部戈壁滩上的敦煌对于我早就是一个斑斓又神奇的梦。近百年来，中国重要的文化人几乎都与敦煌有过"神交"，陈寅恪、王国维、罗振玉、向达、张大千、季羡林等等，直到李泽厚。我读过一些关于敦煌的书，深知敦煌是一座无限高远的文化大山，很难走进去。不少敦煌学者穷其一生，不过找到一条小路跋涉而已。我不想写那种介绍性、观光式的通俗文本，我对自己能否胜任这件事并无把握。当时央视的孙曾田和两位制片邀请了我和我妻子、李陀、作曲家瞿小松，组成一个小组，前往敦煌及周边跑一趟。

我们到达兰州后，便找来一辆面包车，沿着河西走廊一路颠簸向西而行。河西走廊是古代由中原通往西域的必经之地，所以又是丝绸之路、取经之路、佛教和伊斯兰的东渐之路。我们沿途经过武威、张掖、酒泉、嘉峪关一路西行，每遇著名的历史遗址及佛寺，必停下来，考察和观赏一番。我则感到渐渐进入了旷远辽阔的历史时空。

在中国，真正令我震撼并有"五体投地"之感的文化圣地就是敦煌。由于这部电视片由央视与敦煌研究院合作，敦煌研究院向我敞开它的全部——莫高窟、榆林窟、东西千佛洞等所有洞窟与资料。记得当时最著名的洞窟之一220号窟正巧在拍摄高清照片，洞

* 1996年在西北地区考察伟大的丝路，荒废了千年的古道依然清晰可见

* 玉门关内

窟里架设许多照明灯。他们为我们把灯打开。画满洞窟的壁画色彩艳丽而独异，形象繁密又神奇，使我眼花缭乱，如在天国一般。我相信古代的画工也不会看到画满壁画的整个洞窟什么样子，因为他们作画时洞窟里是黑的。他们一手举着油灯一手执笔作画，他们画到哪里，哪里才有光亮；而我却亲眼看到了盛唐时代伟大的画工们笔下无比华美的艺术天堂。在这里，面对着四万多平方米的壁画中数不尽的天国景象，佛陀故事，神姿异相，梵山圣水，人间百态，域外珍奇。我心虚了，真不知如何下笔。直到从这里再到戈壁滩、阳关、玉门关、汉长城、丝路古道上跑一跑，几条巨大的历史线索才渐渐出现。这便是中古史，中西文明交流史（丝路史）、佛教东渐史、中国绘画史和西北少数民族史。这时我心里才隐约呈现出这部作品的构架与脉络，心里渐渐涌出一种写作的激情。但是，只有这点激情对于敦煌的写作是远远不够的。

回到天津我就将有关敦煌的各种图书堆满书房，几乎翻散了那些画集与图册。我只有不停地去翻阅这些画册典籍，才能逐渐看清贯穿在敦煌艺术与文化史上大大小小每一条线索每一个细节。比如飞天，从北魏和东魏到隋再到唐，经过初唐中唐盛唐到晚唐，到底这些形象都发生了怎样奇妙的变化，而这些变化说明了什么？我还必须把这些至关重要的形象具体来自哪个洞窟，哪个位置，哪个画面全都标记在文学剧本上，导演才能操作。这个写作对于我来说真是宏大得不能再宏大，繁琐得不能再繁琐了。

然而，细节的新发现，历史的再认知，再加上对这些伟大艺术神往般的欣赏，使这次写作充满无上的快感。这种快感是写小说所没有的。

一年半后，我终于把这部文学剧本写出来了，二十二万字。我在文字上十分精意，并且将叙述语言直接写成文学性的解说词。作品名为《人类的敦煌》。我用"人类"二字，因为敦煌是人类文明交流的伟大见证和最瑰丽的文化遗产与艺术遗产之一。

这个剧本出版后便在北京开了研讨会，得到许多敦煌学者的肯定支持。没有想到，这竟是我写作史上一部非常重要的作品。我在其中放进去太多个人在艺术史和文化史的见解。

然而这次敦煌的写作还有另一层更深刻的内涵与意义，却是来自敦煌之外，即上世纪藏经洞事件中中国文化的遭遇。

上世纪初，在那批举世罕见的自公元二世纪至十世纪的巨量的"敦煌遗书"石破天惊地被发现后，一方面是伯希和与斯坦因的

"盗买"，王道士的盗卖，各国探险者的盗取，中国官员们的巧取豪夺。一方面是中国有良知的知识分子如王国维、罗振玉、向达、刘半农、姜亮夫等风风火火的抢救行动。他们一边请求官方动用公器，把劫后残余的敦煌遗书运到北京，一边跑到海外将被掠走的文献遗书一页一页一个字一个字地抄写回来，这种亡羊补牢的事也必须做了！还有一些画家如张大千、常书鸿等跑到荒无人烟的敦煌，安身大漠，孤身保护危机四伏的敦煌洞窟！

由于这样一批人，敦煌加倍打动了我。

记得几年后我访问巴黎，住在拉丁区一家古老的小旅店里。当我知道旅店面对着塞纳河，旁边就是卢森堡公园。我想起当年常书鸿先生在巴黎学习美术时，就是在这个卢森堡公园前河边的书摊上看到了伯希和的《敦煌石窟笔记》，从书中敦煌的图片得知自己国家如此伟大的艺术遗产陷入危难，便毅然辞学回国，跑到了人迹罕至的戈壁滩上独守敦煌。那天我在公园门口徘徊长久。

应该说，敦煌给我的，超越了敦煌。

因而，在《人类的敦煌》完成后，我又动手写了一本书：《敦煌痛史》。我在书中说：

←《人类的敦煌》是我九十年代的重要作品
→ 我写这部书时怀着一种悲愤又敬仰之情

1996年我应中央电视台之邀，创作大型电视片的文学剧本《人类的敦煌》。在长达一年半的写作中，我一边沉浸在被敦煌与丝绸之路激扬起的浩荡的情感之中，一边经历了一种异样而强烈的写作感受——即对文化的痛惜。那始自1900年灾难性的敦煌百年发现史，其实就是近代中华民族文化命运的浓缩。它戏剧性的坎坎坷坷里，全是历史与时代的重重阴影。我清晰地看到它被紧紧夹在精明的劫夺和无知的践踏之间，难以喘息，无法自拔，充满了无奈。我们谁也帮不上历史的忙！然而，这文化悲剧往往是一个民族文明失落后的必然，而这悲剧还有一种顽固性。如今我们所剩无多的文化遗存，不是依然在被那种"王道士式"的无知所践踏着吗？

幸好，从世纪初，一代代杰出的知识分子奋力抢救与保护着敦煌。他们虽然不过是一介书生，势单力孤，但是他们单薄的手臂始终拥抱着那些岌岌可危的文化宝藏。他们置世间的享受于身外，守候在文化的周围。不辞劳苦，耗尽终生。他们那种文化的远见，那种文化责任感，那种文化的正气，连同对磨难中文化的痛惜之情，深深地感染着我们！对此我曾在电视文学剧本《人类的敦煌》中激情地写过。我是想通过电视，广泛传布这种虔敬于文化的精神。

可惜这部电视片筹备过程中周折迭出，终未实现，变成虚幻。终于导演告诉我，他们准备放弃这一拍摄计划。我没有对导演过多的责怪。关于敦煌所有的事，全都要有一种献身般的精神。这可不是所有人都具备的。再说，若要从文化上把握敦煌又谈何容易！然而我心不死，由此反倒生出一个念头，即另写一本书——表达我上述的想法。我想做得像房龙那样，面对广大读者，尤其是青年。写一本敦煌藏经洞的通俗史，把历史的真实明明白白告诉给年轻一代。我以为每一代人都有一种责任。那就是把前一代最宝贵的东西传递给后人。对于敦煌的整个历史来说，那就不仅是灿烂的文化本身，还有一百年来中国文化的命运以及知识分子那种神圣的文化情感。

当我把这一代知识分子——中国第一批文化保护者当作精神偶像时，当我感到自己与这些文化先辈血脉相通时，我便自然而然向着时代的"漩涡"再迈进一步。

在这篇文章中，我已经鲜明地写出"每一代文化人都有一种责任，即把前一代宝贵的东西传递给后人。"此后在全国文化遗产抢救的各种演讲，我一次一次地把这句话从心里往外讲。

　　还应该提到，在我各种关于文学与绘画的出访中，1987年和1997年的两次出访有点特殊。这两次出访都是公派，而且彼此相关，都是关于民间文化，还都和一个组织有关，这个组织叫作联合国教科文国际民间艺术组织（IOV）。中国是这个组织一百四十个会员之一。

　　远在1987年，中国文联组团，由我和舞蹈家贾作光率团访问欧洲，先到奥地利，然后去波兰和匈牙利，参加这些地方民间的文化与艺术活动。接待单位就是这个国际民间艺术组织，负责人是秘书长法格尔先生。他是奥地利人，据说曾经做过上澳洲共产党的书记，1963年弃政从文，他相信民间艺术交流是人类最纯洁和本色的交流，于是白手起家干起这个纯民间又不盈利的组织。他不惜拿出个人的积蓄甚至卖掉自家的财物来做这件事。他的总部在维也纳附近一个风景优美又深邃的小城巴登城郊的两间小木屋里，屋外全是繁密的花树，房里琳琅满目地摆放着色彩鲜亮的各国民间艺术品和图册，奇特又温馨；工作人员只有他自己和一位雇来的文秘；文秘纯属来帮忙，每天下班后帮他处理一些书信和邮件。这个人不拿工资，只是因为与法格尔志同道合。

法格尔腰板直挺挺，喜欢穿奥地利山地民族服装，干起活来兴致勃勃，凭着他长期不懈的努力，把他的组织由联合国教科文的C级组织干到B级。这种人注定会成为我的朋友。他对我的影响是使我关切如何保持民间文化的活态，并叫我看到了欧洲人怎样热爱自己民间文化的传统。

比如一次在奥地利的克拉根福的一个山村，村民用他们擅长的铜管乐欢迎我们，乐队的成员多半是年轻人。他们开车从山下上来，来到一块开阔的开满野花的草地上，背景是一片飘着白云的蓝色的起伏的山影。他们拿着亮闪闪的乐器站在草地上演奏之前，先把自己的汽车都藏在树林后边，不让现代的东西打扰他们古老传统的纯粹。他们对传统文化历史环境的敬畏，打动了我。在萨尔茨堡的一个乡间音乐舞会上，我问一个姑娘三句话：喜欢不喜欢莫扎特？喜欢不喜欢杰克逊？真喜欢乡土音乐吗？她说，都喜欢，真喜欢。我问为什么都喜欢？她说，莫扎特是他们音乐伟大的经典与高峰；杰克逊可以宣泄他们个人的生活情感；乡土音乐使他们能够亲近自己祖父祖母和故乡。我想，人的感情是丰富的，对文化的需要是多样的，为什么在我们这儿——现代与传统、城市与乡土一定是对立的？只是因为钱，我们非要和传统争饭吃不可？

法格尔使我关注传统文化的另一半。在城市的、经典的、物质的文化遗产之外，还有另一半——广泛的、斑斓的、生命性的民间文化遗产。当然，那时我完全不会想到多年之后，我竟走进民间文化的天地里，并与之完全融为一体。

1997年夏天，IOV在维也纳开会，我代表中国成为该组织的东亚主席。

写到这里我发现，我还一直没有触及这时期个人的生活呢。可能此时的我已经渐渐被社会化，被危困中的文化遗产拉过去了。但是这对于我的文学与绘画是危险的。如果你进入另一个世界，一定要换一种思想方式、感受方式和工作方式。

这期间，我儿子大学毕业，到电视台工作，而且有了相爱的女友，结婚并建立家庭。1997年年底我又有了心爱的孙女，我给她取名叫"倚文"，希望她以文相倚。我的妻子一直作为我忠实的后援，打理我一切生活的必需。我是个在精神世界生活的人，在现实中往往一塌糊涂。经常穿错袜子，丢东西，忘记吃药，事事时时需要得到她的关注与提醒，特别是我早在上世纪八十年代就患上高血

＊与国际民间艺术组织（IOV）秘书长法格尔谈民间文化保护

糖，她必须为我时刻守住食品中"禁糖"这道防线。1998年我搬了家。由于太多的人认识我，要找我，而我的住房"众所周知"，又在市中心，我好像住在城中的橱窗里，不时就会有不速之客或陌生来客咚咚咚敲门。我妻子在"文革"留下的后遗症就是怕听到突然的砸门声，我便把住房挪到城市边缘一个比较清静的地方。由于我喜欢空间设计和创造环境，妻子曾经从事设计，我们便一起将新居营造得颇有艺术气质。可是我还没来得及享受其中，霸道的反文化时代就来粗野地把我喊了出来。

七、抢救老街

1999年是二十世纪最后一年，这一年可不吉祥。

这年年底由我发起，我所供职的市文联与《今晚报》合作，准备春节后的元宵节在天津最古老的估衣街举办灯会，以促使这个搁置太久、几乎忘却的传统节日重新焕发活力。估衣街保留着一些民国初年的极具特色的商业建筑，门面高大，外装非常华丽又繁复的铁栏，街上风姿别样，元宵之夜挂满花灯会很美。我们当时的兴致极高，筹划着各种节俗事项，如赛灯、踩高跷、走百病和猜灯谜等等。我为灯会设计的纪念章——"龙年灯节，估衣街上"都已经刻制出来了。可是12月9日却猛然听到一个消息：估衣街要拆，而且马上要拆！这感觉如同五年前听说老城要拆时一样：祸从天降，猝不及防。

刚听这消息，我甚至不信。一是因为太突然，二是估衣街对于天津太重要。这条比天津城建城还要早的老街，应在元代已经形成。由于生命对水之必需，再加上水路比陆路便利和省力，平原上的城市大多缘起于一条河，因此城市的雏形基本上都是一条傍水的商业性老街。在天津，这条老街就是背靠南运河的估衣街。所以天津素来有"先有估衣街，后有天津卫"之说。

历经了六七百年，不管不同朝代怎样更换街头的风景，历史的年轮却在这里的街头巷尾有形或无形地留存下来。估衣街最后一次繁荣昌盛是民国初年，所以估衣街有着很浓郁的民国色彩；当上世纪中期天津的商业中心东移到劝业场地区之后，估衣街却依然活着，无数历史遗迹全都依旧可寻，这片街区的住户基本是天津这座城市传承最久的原住民。动了估衣街就是动了天津的根。那些已经列为文保单位的谦祥益和瑞蚨祥也要拆吗？五四运动遗址天津总商会也要扒掉吗？很快我就拿到了拆迁布告，一看就傻了。

这是昨天天津市红桥区大胡同拆迁指挥部刚刚发布的《致红桥区大胡同拆迁居民的公开信》，实际上就是"动迁令"。显然这是很难动摇的"政府行为"了。上边明确地写着：

　　动迁地区：东起金钟桥大街西侧，西至北门外大街东侧，
　南至北马路北侧，北至南运河。凡坐落在拆除范围内的住宅与

非住宅房屋，均予拆除。

估衣街处在这一地区的中心位置，首当其冲，难逃厄运！

最具威胁性的是《公开信》上边写的几句话：

> 动迁时间：动迁分两批，居民住宅由1999年12月12日至
> 2000年1月10日。公建单位由2000年2月21日至3月10日。为保
> 证现场安全，适时停水、停电、停煤气、停电话通讯、停有线
> 电视。逾期拒绝搬迁的，将依法裁决，直至强制搬迁。

从这张动迁令发布，到居民开始搬迁只给四天时间。连喘口气
的时间也不给留，就如同驱赶一般。

据说这张咄咄逼人、最后通牒式的动迁令已经贴满了估衣街一
带。人们只能顺从，别无选择，那时政府的动迁令就这么霸道。

我感到事情的严重与紧迫，没有迟疑，马上前往估衣街，并直
扑估衣街上最核心的老店谦祥益。到了那里，见《今晚报》副刊部
主任姜维群也已闻讯赶来。大家满脸肃然，显然都感到了这件事的
严峻与艰难了，而且没想到已列入"市级文物保护单位"的谦祥益

居然首当其中。

　　谦祥益是山东章丘人孟昭斌（字乃全）兴办的绸缎庄。1917年建成，是一座中西合璧的三层楼宇，飞檐连栋，画壁雕梁，气势恢宏。外墙的下半部分为青水墙，以津地著名的砖刻为饰；上半部分采用华美繁复的铁花护栏，显示了租界的舶来文化对天津本土文化的有力影响，也体现了作为主体的天津码头文化兼收并蓄的包容性。这两部分不协调地"拼接"起来，恰恰又彰显了近百年来外来文化随着西方入侵者的突兀介入，与本土文化相冲突的历史形态——这正是天津独有的"华洋杂处"的历史特征。据这里（现已改为小百货批发公司）的一位负责人说，现在公司的经理赵为国已在此工作三十年，一直坚持保护这座珍贵的古建。不准随意涂抹油漆，不能任意拆改原结构，冬天不准生炉子，以免发生火灾。故此，我们感到室内十分寒冷，犹如在野外寒冬。赵经理原是相声演员，马三立的弟子，由于常常接近文化界人士，深知文物的重要。在他的管理下，该处职工们皆有保护文物意识。这便使历时久远的谦祥益，经历了"文革"，却奇迹般风姿依旧地保存至今。那天，赵经理外出办事，未能见面。

　　我想，从当天到动迁令上指定的强制性搬迁的日期，总共只有三天，火烧眉毛了，用什么办法挽救谦祥益和估衣街？就在我们在谦祥益这会儿，已有三批拆迁人员来谦祥益看房，估算楼中檩柁门窗等等木料的价值。据说有一家要买下这座三千四百平方米建筑的全部木料，出价十五万。这难道就是珍贵的历史文化在现代化改造中的"价值"？我们应该怎么办？于是我和《今晚报》的姜维群商量，眼下只有抓住"文保单位谦祥益不能拆"来发声和发难了。

　　第二天（12月10日），《今晚报》的头版发表了一篇报道，题为《百年豪华建筑临灭顶之灾》，副标题是"冯骥才昨说这是北方大商埠标志性建筑不亚于戏剧博物馆"，还配发一帧谦祥益的大照片。同时，姜维群以笔名"将为"发表一篇专论《留住天津的历史》，言辞鲜明而尖锐。当日这条消息遂成为津门各界人士与百姓关注的焦点。

　　12月11日我写信给李盛霖市长，并附上加急放大的谦祥益等处的彩色照片十帧，请市长关注此事。我相信李盛霖市长会认真对待。几年前老城改造时，他主动叫我提建议，去年还接受了我的提议，将正在动工建楼的大直沽遗址（即天津城市发源地之一）买下来，不准再开发，并准备建一座"城市遗址博物馆"——这一决定保住了天津的城市胎记。在当时，政府有此眼光在全国也是不多的。我将信件写好火速送到了市政府。尽管这样做了，心里还是没底，我听说拆估衣街是市委书记的决定。这位书记非常强势。

同日，《今晚报》记者驰电追问市拆迁办公室。答复是谦祥益是文保单位，不能拆。于是12月12日《今晚报》又发出消息为《市拆迁办不让拆》。这样一来，一种与估衣街拆迁相悖的社会舆论就出现了。然而，这并不能起到实际的遏制作用。大胡同居民的动迁工作已经开始。如何从这快速起动的列车上抢救下濒死的估衣街？当时看可能性极小。一切似乎都来得太迟，猝不及防。但是，我们不能就这样——在我们目瞪口呆中，听凭历时六七百年的一条古街在野蛮无知的铁锤中粉身碎骨，荡然失去。我们光喊不行，必需行动。

于是，我又像五年前组织抢救老城那样，12月16日在大树画馆召集有志于估衣街保护的有识之士七八个人，研究决定做四方面的工作：

1.邀请专业摄像师，在估衣街挨门逐户地进行摄像，留下估衣

* 在大街上演讲，呼吁保护估衣街

街鲜活的音像资料。

2.拍摄照片。特别注意把有价值的文化细节留在照相机的底片上。同时拍下正在拆除古街的"罪证"，留给后人。

3.访问估衣街的原住民，用录音机记录下他们的口头记忆。保留估衣街的口述史。

4.搜集相关文物。必要的文物花钱买，尽可能挽留估衣街有实证性的文化细节。大树画馆出资。

我们的口号是：以救火般的速度和救死般的精神抢救老街！

由于这小小团队志同心齐，收效显著。

在做原住民口述实录方面马上见到成果，原住民对估衣街生活极为鲜活的回忆，都是以往的城市史料中不曾见过的，它无疑会给原有的估衣街十分有限的史籍文献增添一份有血有肉的内容。在视觉记录上成绩也很大。我们的几位摄影家十分卖力，几乎是挨门逐户进行拍摄；由于考察得认真细致，许多照片都是珍贵的记录；我们动作迅疾，努力与动迁抢夺时间，因而使原生态的估衣街生活大量地锁定在照相底片和录像带上。我们心里十分明白，这些今天拍下的画面，明天就荡然无存了。今天抢拍下一张，就给明天多留下一个"历史画面"。

　　此间，我的团队成员不断地从现场打电话给我，告诉我他们新发现的每一组砖刻，每一件石雕，每一块牌匾或每一件传之久远、极有价值的原住民的生活用品。比如从天津总商会七号院抢救下来两件门楣砖雕与托檐石，很罕见。石件巨大，石色青碧，至少二百斤，上有文字图案，十分考究；一组砖雕为博古图案，朴厚凝重，臌亨饱满，具有老商业建筑的审美特征。总商会的前身为当行公所，该房建于嘉庆十七年（1812年），民国初年重修。从风格判断，这些砖雕与谦祥益及瑞蚨祥相同，应是总商会民国初年重修时装饰上去的，为天津砖雕鼎盛期的精品。此外还访得两块嵌墙碑，都在归贾胡同42号居民的户内。一块是《天津鲜货商研究所章程碑》，一块是《天津干鲜果品同业公会会长刘芳圃功德碑》，是十分难得和第一手的天津商业史料；还有一块石碑发现于范店胡同的一间空屋里，房主已经搬走，满地垃圾。这块碑可能为这家居民所藏，因石碑过重，搬迁不便，就丢弃在这里。这石碑长方形，长二尺，宽一尺半，采用罕见的绿石，质地坚硬，虽然雕刻不深，字口却十分清晰。此碑是当年山西会馆和江西会馆之间的界碑。内容为两家会馆共同保证中间通道通畅的约定，字数不多，却显示了估衣街繁华时期寸土寸金的实况。此碑立于清光绪辛卯年(1891年)，应是庚子之变（1900年）前估衣街兴隆之见证。

这些事本来都应由政府的相关部门来做，但文化与文物部门都不露面。对于这条古街，数十年来从来没有做过实地考察，拆除之前更不会来做文化调查。这一宗浩大的城市遗产实质上是废置着，却偏偏又挂着一块"文物保护单位"的牌子，如今这牌子就更无意义了。这实在是一个讽刺，也是一种悲哀！于是我请摄影家将这"文物保护单位"牌子拍照下来。世上再没有一块牌子如此地尴尬与无奈。

12月26日谦祥益的经理赵为国打电话告诉我，他们再次接到了拆迁通知。通知上有"到时停电停水，违者依法处置"的词句。威胁再度逼来。

同日，市长李盛霖来到估衣街，并进入老店谦祥益视察。12月29日，副市长王德惠与规划局局长也来视察估衣街。希望之光熠熠又现。

这时，民间流传说法很多。有说拆估衣街是市委书记拍板定的，谁说也没用，照拆不误；有说领导讲了，冯骥才再说保护，就叫他出钱；有说谦祥益、瑞蚨祥等几处不拆，其余全拆；有说规划变了，估衣街不动了。各种说法纷纭杂乱，莫衷一是。关于估衣街存亡之消息，一直有如八月天气，时阴时晴。忽而阴云满天，不见光明，忽见天开一隙，心头照来一点明媚。

我再去谦祥益与赵为国见面，他也如在云里雾中，看不清未来。待谈过话从谦祥益出来，去周边街区查看情形。没想到数日来多已断壁残垣，有些地方寥无人迹，只有瓦砾与垃圾，实不忍睹。六百年的历史倏忽荒芜，看着就要消失了。我感觉自己就像朝着这即将跌入虚无的历史文化，极力伸出一条胳膊去抓，但能抓住什么呢？一方面，我只能加紧上述四个方面的工作。一方面，还要加强保护的声音与行动。我们还要在这两方面同时再加一把力！至少将估衣街街面上几座重要的老建筑挽留住。

1月5日我写成一篇长文《老街的意义》，述及估衣街的缘起，沧桑的经历，厚重的积淀与宝藏，在城市史中非凡的意义，以及它的未来价值。1月19日在《今晚报》上刊出。

这实际上是进一步申诉我们保护估衣街的理由。

估衣街的"拆"与"保"渐成国内一个事件。1月20日《光明日报》记者王燕琦来津采访。1月28日《光明日报》第一版刊出王燕琦采访我的报道《天津六百余年老街即将拆除　专家学者呼吁抢救文化遗产》，这是国内主流媒体的首次表态，十分重要。紧跟着，中央电视台第一套节目"新闻要闻"播出该条报道。这一消息，影响津门上下，泛及百姓，毫无疑问对政府构成压力。

但是只要没有实质性的改变，我们就不能停止行动。我开始策划一套"纪念估衣街"的明信片。一套五枚，我为每一帧明信片书写对联。如：

古街更比当年美，老店不减昔日雄。

风雨街上过，岁月楼中存。

不离不弃斯史永继，莫失莫忘此物恒昌。

后一联，借用《红楼梦》关于宝玉和宝钗二人金锁与玉佩上的词句。

此时已近年尾，拆迁的民工多回家过年，拆迁暂时中止。但是按原计划，公建房（即街两旁的店铺建筑）定于春节后正月十六（2000年2月20日）动迁。我们必须抓紧春节这短短一段时间，再

* 估衣街最终还是遭到了残酷的破坏，我深切感到自己是一个失败者

做出最后的努力。我固执地认为，往往一件事的变数出现在它的结束之前。

正月初三（2月7日），在一次活动中，我见到估衣街所在地区——红桥区的区委曹书记。曹书记说："现在建委的计划有变化，听说谦祥益不拆了。估衣街上的其他建筑按照原来的风格落地重建。我们也不希望拆，但我们必须听建委的。"

这是我第一次听到来自主管估衣街方面的官方消息。我说："谦祥益不拆太好了，当然也是应该的；其他重要的古建筑也都应该保护。古建筑要保持历史原状，不必落地重建。坏牙可以修补，为什么非要换一口假牙？"

我没有让步。

曹书记说："希望你们多理解我们。"

我说："也希望你们多听听专家们的意见，大家论证之后再动。"

这次谈话，使我心里有了一点底数。首先是谦祥益有希望了。估衣街原始的街道形态似乎可以保护下来了，但我们并没因此停止工作，我们还要持续地增加保护估衣街的舆论。

2月8日（正月初四），我主编那套明信片赶印出来，拟定2月10日上午十时在鞍山道邮局举行签售活动。我的目的是通过公开的签售，向公众宣传老街的价值和必需保护的理念。文化保护应该是全民的事，不能只是几个文化人大喊大叫。可是这时天津的媒体都接到市里的指示，不准发表我的有关估衣街的言论与消息。那么我们签售明信片的消息怎么发布出去？怎么告诉公众？正巧电台请我做一个关于交通安全的直播节目，节目中记者问我最近忙什么，我灵机一动便说，我们制作了一套纪念估衣街的明信片，准备2月10日上午十时在鞍山道签售。

这一来人们全知道了。2月10日那天上午九时半左右我赶到鞍山道时已是人山人海，排出的长长的队伍过了两个路口，占了三条街。那天，正巧牛群从北京来天津看我，我就拉他签名助阵。上午十时，在邮局前的街头我做了一个简短的演讲，我强调估衣街是六七百年来一代代祖先的创造，它在天津的历史财富与人民的情感中有重要的位置，我们深深依恋和热爱它。我用这套明信片表达对我家乡的热爱。我不同意拆除估衣街。

说实话，我当时还是蛮有勇气的。有人对我说，你这话市委书记马上就会听到。我说这也好，我就是说给他听的。

签名活动至十二时半。准备的一千三百套全部签完，仍有大批群众因没有得到这套明信片而怅然若失。在签名中，不少百姓向我打听估衣街的前景，要我接着呼吁，多给天津留一点东西。这些话重重地打在我的心上。是的，我的责任在身，但如何实现，确实很茫然。

此时，我好像一切都在跟着感觉走，不管结果如何，我都要努力再努力。于是，我决定在正月十五日灯节这天再次举行签名活动，将所存五百套全部签掉，发挥它最大的效应。明信片是这次我们进行文化保护宣传的一个载体，必须让它竭尽全力。地点选在估衣街的谦祥益，因为谦祥益是估衣街的中心和人们关注的焦点。事先，我们做了充分的准备——按照邮品的要求，签名签在每套明信片的首枚上。签名者为全体制作人员。上面还要加盖三枚图章：一、估衣街邮局的当日邮戳。据说这个邮局近日就要拆除，此邮戳则是一种"绝唱"；二、再请邮局制作一枚"估衣街邮局百年纪念"章。估衣街最早的"邮局"，只是1900年在一家锡镴店设立的一个信柜，代理邮政，后来才有了一个小屋，由是至今，正好百年；三、将我们原先筹备元宵灯节而刻制的那枚纪念章也拿出来，图章上有"龙年灯节，估衣街上"八个字，正好派上用场。

此事得到邮局和谦祥益赵经理的支持。我感觉这次签名活动肯定会产生很大的社会效应。可是正月十四日（2月18日）谦祥益赵经理忽然来电说，当地派出所通知他们，考虑估衣街太窄，不安全，不准在谦祥益举行签名活动。当然这只是一个借口，目的还是要阻止我们。我们"穷则思变"，临时改在红桥邮局，并在谦祥益大门上贴了告示，声明更改地点。

正月十五日（2月19日）上午十时半，准时签名。第一位排队者竟是凌晨五时到达。签名一个多小时五百套全部售罄。我签名时，头脑热烘烘，激情澎湃；签名后却一阵冰凉，内心寥落虚空，无所依傍。我们虽然为濒临灭绝的估衣街力挽了一些碧绿的枝叶，却无力保护住这株根深叶茂的巨树。就在这天，我听到来自估衣街的消息：北马路前进里的天津总商会——那个风姿绰约的五四运动的遗址，那个著名的学生领袖马骏为阻止商人开市而以头撞柱的地方，那个周恩来和邓颖超进行进步活动的地方——已经拆平！连五四遗址都敢废除，能有比这更大的势力吗？此时此刻，我忽然觉得自己人孤力单，真的像那个与风车作战的堂·吉诃德了。

我不知自己还有什么办法？我有种精疲力竭之感。

然而，正月初六的签名活动的反响之广是没想到的。一些媒体来天津采访，弄得市里很紧张。说实话，那种紧张有一点异样。其实，那时我只是一心为文化的命运焦虑，真不知道政府的"城改"的背后还有"土地财政"，政商之间还有种种权钱交易，不知房地产是开发商最能获利的巨大的财源，不知每一座楼盘里边都有许许多多的油水，更不知我们的行动确实"侵犯"了某些人的红利。因而我听到社会上有个"冯骥才加谦祥益，××损失一个亿"的歌谣，听似不祥，有人甚至叫我留点神，别出意外，我却一笑了之。我们心里只有我们挚爱的城市及其历史文化。

一次市委书记来文联考察，在文联三楼展览活动厅开座谈会。文联书记悄悄对我说："今天会上你最好别谈估衣街的事。那天在市里一次会上，他直问我'估衣街归你们文联管吗'？他挺不高兴。你别惹他了。"开始我一直忍着没说话，当座谈会快结束时，市委书记说你们还有什么意见尽管说，我有点忍不住了，便说："我想说一件关于估衣街的事，就是谦祥益属于文物保护单位，全部木结构，现在这条街搞动迁，停水停电，万一着火怎么办？再说老百姓家弄不好也会着火，停水是不行的。请书记关心一下。"我的话立刻让书记不高兴，脸色很难看，一句话没说就散会了。

那个场面的气氛颇有一点紧张。

紧跟着，中央电视台记者到津。我在总商会七号院被拆除后的瓦砾堆上接受采访。

尽管我讲了那么多必须保护的道理和深切的愿望，但自己脚下已然是毁灭了的历史的尸体。我指着那些断垣残壁，述说它光荣的历史时，真的要落泪了！须知它是一个城市早期最珍贵的见证，也是当世仅存的原生态的五四运动的遗址。今日的天津竟如此绝情么？

2000年2月20日中央电视台晚间新闻播出估衣街拆迁一事，呼吁城改对文物要手下留情。2月21日上午估衣街传出消息来，说当地百姓与商家贴出许多条过街横标。如"社情民意不可欺，保留估衣街""商业发祥地，龙脉不可动""保留古迹，不愧天津人民"等，还有一条横标颇具天津人的幽默与嘲讽——"红木家具不能变组合"，这些标语横在街头，气势很壮观，围观者甚多。百姓起来捍卫自己的文化，此在中国当代乃是首次。虽然媒体上没有任何报道，但它的意义却是重大和深远的。它影响的范围远远超出天津地域。这标志着一种文化的觉醒，使我颇觉欣慰。我终于听到来自百姓心里的声音，文化的声音。它让我切实感受到老百姓对自己的历史文化并不麻木，而是有着很深的感情。百姓对自己城市的文化情感不是我们真正的动力吗？

过后近一个月，估衣街没有很大动静。街两旁的民居依旧在一片片地拆除，化为瓦砾；而沿街的铺面却似乎处于一种等待，亦是一种期待。拆或留——两种说法皆在街上传来传去，让人费猜。这期间，《光明日报》发表了一则消息，说国家文物局与建设部准备对估衣街拆迁情况进行调查。一时，这消息的复印件便像传单一样在估衣街商家手中流传开来。但多日过去，不见有人来调查，又觉得这复印的纸片轻飘飘的，没有多大分量。

我在两会的文艺界政协委员与李岚清同志座谈中，做了题为"拯救城市文化刻不容缓"的发言，首都多家报纸刊载了我的观点，天津的《今晚报》也从网上下载了我这次发言的摘要。由于我的"言论"来自政协，市里不好干预。这时，北京一位记者告诉我，建设部得到天津有关方面的文件，表示对估衣街要进行"保护性改造"的措施。这消息，使我感到整个事件有一种交节换气般地

←《中国青年报》的报道《冯骥才哭老街》
→ 这本《抢救老街》记载着这一激情如潮的文化行动的全过程，一度天津禁售

转变。

由两会返津不久。3月16日市文化局便通知我，副市长王德惠要主持关于估衣街地区改造方案的专家论证会。建委、规划局、红桥区政府等有关部门也列席参加。我立即有一种"山重水复，柳暗花明"之感。当我听到此方案的名称为"估衣街地区保护性改造方案"，更是放心一半。"保护性改造"的提法已经明显表明了一种态度：它不是与"建设性破坏"针锋相对的一种观念和立场吗？

王德惠市长表示：估衣街动迁引起的社会各界与津门百姓的关切，是一种对故乡的热爱与责任。他诚恳希望专家学者们提出各自的看法。跟着，由承接制定这一改造方案的华汇公司陈述方案内容。这家公司的建筑师表示他们的方案的立足重点是保护，而且把保护的视野放在了整个街区。包括这一古街的位置、街貌、重点古建，以及有价值的历史细节。特别是关于把一些近几十年已被改造得面目全非的古建，要按照历史照片重新修改回来（如瑞蚨祥）的想法。这就相当接近我们的观点了。

我和专家们都表示方案的文化含金量高，有学术依据，借鉴许多发达国家文化保护的措施，不仅保住整体面貌和原有的精华，又给历史街区增加了活力，具有前瞻性。尤其这个方案把时代风格确定为估衣街发展史上第二个高潮——民国初年，十分符合估衣街的历史实情。大家赞同和支持了这个方案。

第二天报纸就刊出报道《估衣街改造方案确定》，副标题是"谦祥益瑞蚨祥山西会馆等延年益寿"。报道中说：

> 市建委有关人士介绍，结合大胡同地区的危陋平房改造，经过市规划、文物、文化等有关部门和众多文化、建筑艺术界知名专家学者深入调查研究，最终确定了估衣街保护性改造方案，并已经市政府批准。该长街三百三十米，市级文物保护单位谦祥益将保留原貌，市级文物保护单位瑞蚨祥及具有代表性建筑山西会馆、青云栈、瑞富祥、瑞昌祥等著名老字号店铺，将保留到恢复原有建筑门面……

没想到估衣街之争会有这样的结果。如果在动迁之前岂不更好？那样五四遗址总商会不就保下来了？

那些天我们全都喜形于色，却不知道竟是在一个骗局里。

不多时候，我应法国巴黎科学院和人文基金会的邀请做为期两个月的访问。在巴黎不久便接到天津朋友的电话说，估衣街那边有人说"趁冯骥才不在的时候赶快拆"。我说：这纯粹是瞎扯，保护方案是政府定的，也上了报纸，怎么可能说了不算？

后来一天我巴黎住所的传真机上嗒嗒响，来了一份传真，一看是估衣街上的许多店家联合写给我的，告诉我这几天大规模的拆除又突然开始！山西会馆、青云栈等建筑已经全拆毁了。我急了，可是鞭长莫及。我给一些领导的办公室挂电话，却始终通不上话。我甚至想马上飞回去。我那团队的"同志们"在电话里说："你找领导也没用，领导不同意谁敢拆。你回来也没用，已经拆了，拆完再恢复也没意义了。"那时没手机，没图像，好像是另一个星球发生的事。

过了半个月，我回国后和几个朋友到估衣街。不知哪儿来的几家媒体得到信息赶来了，跟在我们后边。到了估衣街，眼前的景象真像经过了一场大战，被荡平的城区显得分外开阔，到处废墟和瓦砾，几辆大型黄色的推土机和吊车刺眼地停在那里，显然该做的事都已做完了。整整一个街区，一条长长的老街，已经确定保护下来的那几座古建筑全都无影无踪；只有一幢房子孤零零立在中间，便是谦祥益；即便如此，谦祥益的一侧与后边也被"啃"去不少。其实它只是人家给自己留一个"保护"的口实而已！

完了。七百年一直活着的估衣街，干干净净地没了。无论我们怎么努力，终于没有把它留下来。面对这样的景象，我忽然忍不住哭了。我泪流满面。我身边一个女记者掏出手绢给我。

哭是无能的失败者唯一的表达方式。我承认我无能，我是失败者。我们的对手太强大太霸道，我们绝对不是对手。

历史不断表明，文明常常被野蛮打垮。

几天后，《北京青年报》用一整版，刊出一篇长篇报道，题目是《冯骥才哭老街》。从今天来看，这便是二十年前真实的我，也是文化命运的真实——也正为此，我抛开心爱的文学与艺术，走到文化保护的社会漩涡里来。

八、巴黎求学记

二十世纪最后的一年，是我由文学向文化迁徙的最后一个时间驿站。

这一年的年初，尽管我奋力去保卫估衣街，但我还没有离开文学，还在为文学工作。因为无论对于文学还是文化保护，我还都是个体。文学事业依然在我身上继续着，而且我还有一些色彩丰富的文学生活。

由于上世纪八十年代初写的一篇散文《挑山工》进入了小学语文课本。到了上世纪九十年代末，据泰山市调查，至少有两亿中国人在课堂里读过这篇文章，致使相当多上语文课读过《挑山工》的孩子去往泰山一睹挑山工的风采。于是，泰山市政府给了我"泰山市荣誉市民"的称号，还颁发我一把"可以打开泰山之门"的金钥匙。我则画了一幅《泰山挑山工图》相赠。我是半个山东人。我母亲生于济宁，在济南长大，我和齐鲁大地血脉相通。文学更把我和这座"五岳独尊"的名山紧紧牵连一起，并在我身上激起了一份热烘烘的血缘之情。

这一年的五月底，我与文学关系又进了一步，中国小说学会邀我和陈忠实等作家去浙江金华开会，在会上选我做主席。小说学会是全国性小说研究的学术组织。此前两届主席分别由唐弢和王蒙先生来做。我也很想为学会做出一点事。我认为面对二十一世纪，学会应当自我开拓和有所作为。我提出了四项建议：设立"中国小说学会奖""中国小说学会年度小说排行榜""中国小说论坛"和学会网页。我认为学会要有自己的排行榜，每年公布专家视野下的年度好小说，以此突显专业的眼光。那两年我真的为小说学会卖了一些力气，但此后我一切文学的领地都被文化遗产保护夺去了。

文学真正的收获还是要看写作本身。这一年我在小说写作上获得一个令自己兴奋的突破，我为自己的小说文本找到一个文化学的支撑。在八十年代末写完一组中篇《怪世奇谈》（《神鞭》《三寸金莲》和《阴阳八卦》）之后，我所运用的那个文本样式对于我已经没有魅力。严格地说，一种小说需要一种特定的文本。所以，写作的苦恼多是在新的文本还没有出现之前。虽然九十年代初一组

《市井人物》已经使我的写作"柳暗花明"，但直到2000年我才完成了对这种文本的思考——我从法国年鉴学派获得了灵感。这就是每个地域的文化特征在某个时期表现得最充分和最鲜明。我发现两个城市的地域性格都是在文化冲突（中西文化）中表现得最为鲜明：上海人是在上世纪的二三十年代；天津人是在清末民初，非常突出地表现在租界与老城之间。我要抓住这个时空背景，写出天津的地域性格。我还认识到，最深刻的地域特性是在人的集体性格中。集体性格是一种共性。为此在这一文本中，我要把人物的个性放到共性里，把共性放在个性中。这是我这一文本最重要的文化思想与艺术思想。它使我有了新的信心，一口气写下《刷子李》《死鸟》《泥人张》《蓝眼》等十多个短篇。在我的写作记录中，这些小说的写作竟然是每天一篇，一连多日。当山洪找到一个出口，喷泻之势不可阻挡。随后，我将它们与前几年写的同一类文本的一组小说《市井人物》编成一部《俗世奇人》于当年出版了，读者反应相当热烈。它会不会给我带来一个文学的新高潮？当时我对自己的文学有了新的期待。

有时人由不得自己，尤其是我。

这缘自于我一直在几个领域里"平行"或"交叉"地前行——

* 从泰山市政府手中接过"荣誉市民金钥匙"

后来我称自己是"四驾马车"。还有，我那时思维太活跃，我的兴趣与关切都太多，而那个时代又充满了问题的诱惑。当然，对于作家来说，最大的诱惑还是来自社会，所以我对社会的关切一直大于自我。

如果你关切自我，选择权在你手里；如果你过于关切社会，往往你就会被社会选择。因此，我当时并不知道自己未来的道路还有极大的不确定性。

这几年老城和估衣街的抢救行动，引起了包括海外愈来愈多的社会关注。法国大使毛磊因此成为我的知己，他曾任俄罗斯（苏联）大使。位于莫斯科的法国驻俄大使馆是一座古老、精美却十分破旧的伊斯兰建筑，毛磊严格采用文物修复的方式使这座建筑恢复了昔日的辉煌。我十分欣赏他在北京大使馆官邸二楼宽大的门厅中央，只放了一张巨大的原木书案，上边摆满精美的书籍与图集，有西方的典籍也有中国线装古书。我们有许多共同关切和关爱的话题。他夫人邀请我为各国驻京的大使夫人协会做了一次关于中国文化遗产现状的演讲，毛磊还邀请我到法国去看卢瓦尔河谷的城堡与王宫。数百年的历史被他们保护得那样精致与原真，使我震惊不已。毛磊却对我说，他还要请我看一些更深入的东西。我当时不知道他进一步的美意，更不知法国人对人类各种文明都有一种共享的观念。他是不是认为他们的遗产观更成熟更先进，想影响我，给我一些真正的精神上的帮助？

毛磊再次邀请我和妻子于当年的秋天访法，计划时间两个月，扎营在巴黎古老的拉丁区内一所老房子里，这房子属于人文科学院的一处专家居所，紧挨着富于浪漫气质的圣米歇尔广场。这个老区很像活在巴尔扎克的小说里，老街老巷老店铺挤在一起，历史人文信息密集，每条小街街口都立着一块牌子，上面写着这条街巷在悠长的历史中一直没有忘掉的故事。这种街区若在中国早都写满"拆"字了。

本来对于这次考察的内容，我最关心的是法国的文学与艺术。我很想调查的三个题目全与画家有关：罗丹的私人化雕塑，患上神经病后梵·高的创作，还有离群索居于艾克斯的塞尚。可是毛磊给我的一本杂志磁石般地吸引住我。这本杂志是法国外交部编辑出版的资讯类杂志《今日法国》关于"文化遗产"的专号。全面介绍了法国人当代的遗产观、保护理念、方法、知识分子和政府的分工与合作，志愿者乃至法国民众对文化遗产的态度。杂志中有一段话我印象极深，这段话是：

> 法国人人都感到自己是祖国文化遗产的继承人。而决心使
> 文化遗产增值的业主、政治家、建筑师、博物馆馆长、民选代
> 表、社团活动家、承包商、工艺师和志愿人员更是感到义不容
> 辞，社会各界早已动员起来关心文化遗产。今天这支队伍更为
> 壮大，质量要求更高，私人的主动性必须与国家权力机构努力
> 相结合。在这个问题上，热情的公众看得很准。

对于当时的中国这几乎不可想象。难道巴黎是一个文化的世
外桃源？他们的公众怎么会有这样的历史观、遗产观与文化境界？
而且从这本杂志上我还获得过去不曾知道的他们的举国上下所做的
两件事情：文物普查和文化遗产日。它打开了我囿于中国文化遗产
重重困境中的思路，巴黎于我顿时魅力倍增。我推开原先访法备读
的书籍，把这本杂志上的文章翻来覆去地看，并查阅许多相关的资
料。我感到此次访法还需要做更多的文化考察，了解国际文化遗产
保护的经验。法国人真做得这么好吗？我要亲自体验。

在巴黎，那么多人类文化经典令我艳羡，那么多伟大的艺术创

* 2010年写了一首七言律诗，乃是今日的一种人生感悟。诗曰：少年常吟蜀道难，畏似天梯不可攀，如今霜雪驻双鬓，始知蜀道在人间；登阶步步皆心力，面前依旧百重山，人生真谛君若解，应如挑夫莫不言

造给我以灵感和启迪，那么浑厚的精神积淀诱使我追寻。我跑了许多博物馆，去了许多古城与小镇，还做了一些法国文学与艺术的调查，也努力完成了上述关于那三个画家的调研题目。为此我写了一本挺厚的文化散文集《巴黎，艺术至上》，记录下我的种种思考与直觉，也记录了他们的种种文化观念。我的所有海外游记都离不开文化比较，我的游记基本都是文化游记。但我相信这本《巴黎，艺术至上》是我十多本海外游记中分量最重的一本。巴黎给我印象最深的是他们精神至上——对所有高贵精神事物的尊重，包括对历史及其遗产的敬畏。这些我都写在《精神的殿堂》《巴黎的历史美》《城市的文物与文化》《活着的空间》《双重的博物馆》等等文章中了。由此我追究缘由——法国人这种文化精神是从哪里来的？

　　我从雨果写于1832年的文章《向文物的破坏者宣战》中看到，一百五十年前巴黎也曾经过一次野蛮的噩梦般的城市破坏。雨果当年说的话好像是为我们今天说的。他对那些为了一己私利而疯狂破坏法国历史财富的房地产商表现出充满激情的愤怒，在法国社会产生了警醒与震撼的精神力量。正是由于法国人把那个曾经的噩梦制止了，才有了今天的巴黎。我们为什么没有制止或制止不住？当我获知，曾经站在巴黎城市保护史前沿的先贤中有三位众所周知的作

← 对我后来进行非遗抢救产生直接的思想影响的是这本薄薄的书——《今日法国》

→ 深深打动了我的还有作家雨果1825年和1832年所写的一组文章《向拆房者（一译毁坏文物者）宣战》

家——雨果、梅里美和马尔罗，我激动不已。作家为什么会出现在这里？是他们拥有敏锐的文化眼光，能够最先察觉社会在转变时期的各种症候？还是他们对大地的文化充满情怀，敢为文明的存亡仗义执言？

十九世纪上半期的欧洲，人类文明由农耕文明向工业文明转化，新旧文化疾速更替，历史遗存遭到扬弃。正是雨果、梅里美、马尔罗这些作家率先提出人类的遗产除去个人"私有的财产"之外，还有一种公共的文化遗产，它是前辈创造的必须继承的珍贵的全社会的财富，必须加以保护。这种崭新的遗产观使人类文明的存续得到保障，从那时就深深扎根在法国人乃至欧洲人的精神里。再有便是前边说过的一种"作家的情怀"。这种情怀是一种具有博爱精神的人文情感，它可以感染公众，影响公众。遗产保护不是单纯的学术，还是社会的公共事业，需要全民的感悟与觉醒。这几位作家以他们宽广的文化情怀和在公众中巨大的号召力，对社会产生了极大而有效的影响。马尔罗还有一点不同，他像中国的茅盾和王蒙，做过国家的文化部部长，他把自己的文学影响力与文化眼光融入强大的国家公器，这便有了双倍的效力。1964年他推动的"大到教堂小到匙勺"的全国文化普查，对法国的贡献是历史性的。马尔罗说："任何艺术品清查都以价值为依据，不是单纯罗列，而且筛选的结果，要将任何一件有历史、建筑、考古和带有人种特征的艺术品，都引入清点、研究和推介之列。"这一浩大而艰巨的工作进行多年，其结果使法国人对自己的历史财富（公共遗产）一清二楚，从而大大加强他们民族的文化自信。

在这一基础上，法国人又做了一件极其重要的事。他们在二十年后（1984年）将每年九月的第一个周末列为"文化遗产日"。这一天全民自动地对自己国家的文化遗产进行纪念、欣赏、感受、体验、认识与再认识。由此，人们的文化情感和社会的文明精神得到提升。1991年欧洲理事会正式将这个节日列为欧洲各国的遗产日。到了上世纪九十年代末，遗产日这一天，单是法国每六个人就有一个人参加活动。这一天已经成为欧洲全民对历史与文化表达情怀与热爱的纯文化的日子。

可是，就在我置身于这样的文化氛围与观念中，我的家乡却传来政府违背承诺，粗暴和大规模地拆除自己城市珍贵遗存的消息。我当然会想——我们的问题到底出在哪里？我们这样一个文明古国竟然如此明目张胆地"反文化"，难道仅仅是为穷困所迫？难道为了"发展"就必须付出这种"刨祖坟"的代价？到底是由于无知还是无知之外另有原因？这样一个巨大的时代的不容回避的问题，逼着我去追根问底寻找答案。这一年，我将最早的一批文化批评的文章结集在上海的学林出版社出版，书名叫作《手下留情——现代都市文化的忧患》。这是我有关文化保护的第一本批评性的书。虽然现在来看，对于时代的困惑，我还没能做出透彻地回答；我只是对文化面临的洪水猛兽发怒，却说不清这个魔兽从何而来和怎样面对。我必须做出更深入、更透彻和清醒的思考。巴黎之行对我很重要，它使我的思考有了对应物，有了凭借，也找到了一种实实在在的理想的存在。

此时，中国各个城市的历史遗产正在推土机前一批批地倒塌，变为一片片瓦砾废墟。历史是一次性的，遗产失不再来。我们不能不呼吁，只呼吁没有用。我们想行动，但我们只是一些弱小的个体。我记录估衣街事件的那本《抢救老街》在北京出版后，在天津被禁止出售，我毫无办法。我不是一个弱小的个体吗？法国人的经验是"私人的主动性应与政府的权力结合"，可是权力不与你结合，只与开发商结合，怎么办？我连做梦都想做文化普查，但我没有权力。我从法国回来后，在政协会上还呼吁过"建立文化遗产

* 法国最令我仰视的是圣贤祠和他们的 "精神至上"

日"，但大家听了都没感觉，当时人们连文化遗产是什么都不知道。长期以来，我们只有文物，还没有遗产这个概念。

我们想做和要做的事，从哪里开始，怎么开始？

在法国期间，德国的一个历史建筑保护与修复组织"小心翼翼地修改城市"邀请我去柏林的伯尔基金会演讲。我演讲的主题是"留住城市的记忆"，重点讲了我的思想与行动。我讲得富于激情，同时也透出无奈。演讲过后全体听众站起来竟鼓掌了半分钟，这是出于一种对文化及其精神的敬重，使我非常感动。有一位中年女士走到我面前说："你们需要支持吗？需要什么支持？"她很真诚。

我竟不知如何回答。我是个个体，面对的是中国的历史文明。怎样的支持才管用？

我只好连连对她说："谢谢你。"

有人对我说："这不是你的事，急也没用。"

我说："不是你的事你就不会急吗？"

记得还有人问："抢救老街失败后，你是不是灰心了？"

我说："是，很灰心，但是没死心。"

这便是我二十世纪末最真实的境遇与心态。

下 篇

在漩涡里，一边陷落一边升腾
（2001—2013）

一、谁分我的生命蛋糕？

生命的洪流缓缓穿过世纪末深邃的峡谷，流入新世纪；那一瞬间，我感到自己进入一个辽阔、闪闪发光、无边无际的时空里。

生命跨越世纪是奇妙的，而且绝不会平平常常。

刚刚进入二十一世纪，我就不期而遇地碰上两件事：一是天津大学要建立一座以我的姓名为院名的学院，聘请我为院长和终身教授；二是我当选为中国民间文艺家协会主席。当时，我并没认为这两件事会改变"今后"的我，甚至以为它们不会占用我太多的时间。

那时，我以为这个民协主席是个闲职，挂名而已。头一年的年底，在北京一个会议上，全国文联书记高占祥对我说，民协要换届了，文联很希望我去做民协的主席。他说历史上民协主席常常是有影响的作家，比如郭沫若、周扬、老舍等，这个民协主席"不会占用你多少时间。你不做驻会主席，不必来北京，重要的活动露个面就行了。"还强调，"民协需要你的影响力，这件事虚大于实。"
我一向偏爱民间文化与艺术，心想这么一来，还会与自己喜欢的民间的东西有更多的接触，便同意了。

再说天津大学要给我建立学院的事。这在当时，"名人进大学"不过是一阵风。中国喜欢刮风，喜欢起哄一样做事。金庸进了浙大，王蒙进了青岛的海洋大学，还有几位作家也都电闪雷鸣般地进了某某大学，在舆论里闹得很玄，可是只开花不结果儿。金庸并没在浙大带学生，王蒙也只是每年去青岛很潇洒地做几次演讲，平日照旧在北京一本又一本写他的小说。再说，我也不调进大学，仍在天津文联做不上班的"主席"，平时依旧在家中写作，或在自己的画馆待客。我之所以答应建院这件事，想法挺浪漫，就是将来下巴长了长长的胡须时，以大学为归宿，静下心来带几个研究生做些文学与绘画的研究。我对文艺理论与艺术史都有兴趣。

然而，没想到天大对我的想法挺大，而且很实际。这个中国历史上的第一所大学（北洋大学）是理工科大学，做事向来务实。2月3日开过一个隆重的聘任仪式后，紧接着就请我到校园里选地，要盖院舍。我看上青年湖边一块阳光通透的篮球场，大约有六亩地。当时说好盖两三千平方米，书房、画室、交谈间、会议厅、图

* 进入二十一世纪（2001年2月），第一件大事就是受聘为中国近代第一所大学——天津大学冯骥才文学艺术研究院院长

书馆和美术馆，再加上一个小花园。没过几天一位留德归来、才气逼人的青年建筑师周恺来找我。1990年我去德国波鸿大学访问时，他正在那里念书，听过我演讲。他说："我想给你盖一座现代建筑。"

我笑了说："随你，我也喜欢现代建筑。"

他说："我要把墙盖得和房子一般高。"

我听了一怔，说："我可不想蹲在炮楼里。"

他说："我要在墙上开出一些大小和形状不同的方洞。那是一些挂在墙上的巨大画框。画框里的画是活的。天上有云时，画框里就有云彩，鸟儿飞过时，它就在画框里飞。"

我说："想法很美，你设计这些画框时，建议你看看蒙德里安的'格子画'。"

他说："我也想到蒙德里安了。"

我笑了。我认为建筑是建筑师的作品，应该信由他的想象。我曾为此写了一篇小文《支持建筑师完成他们自己》。现在，这座建筑已是在国内外建筑界屡屡获奖的一件名作——这是后话了。然而没想到的是，在周恺完成设计时，这座建筑已是六千多平方米，并且得到了高教部的批准，6月份就试桩了。这样一来，天津大学可就把我实实在在"关进"这座学院里了。它逼着我去想怎么使用它。我说过，我是个酷爱在空间里发挥想象的人。这座建筑对于我，绝不仅仅是由小变大，更要由虚度实。我如何在这么巨大的空间里营造自己理想的世界？

那时我在北京兼职很多，虽然多是挂名的虚职，但一些重要的会不好不去。每每开完会回天津时，常常顺道跑到高速路口附近的"古董村"吕家营和高碑店，买一些大件的石雕和木雕，准备将来摆在学院的大楼里。由于当年在爱荷华时参观过的那座保险公司对我发生的影响，我很想把自己未来这座学院办成一座艺术博物馆式的学院。我把从北京和各地收集的艺术品与古物堆在画馆的里里外外。有北宋的翁仲、东魏的佛首、乾隆二年砖雕的司马光家训、嘉庆九年大漆的彩绘屏风，以及昔时山西豪门的马车与上马石。我把自己未来的学院想象得很棒。

紧随其后便是民协的工作，没想到民协更实。

二月份天津大学为我开过建院的会议之后，三月中国民协就在北京金台饭店召开换届大会。民协是由数千名民间文化和艺术的传人、民俗学和文化学的学者组成的专业团体。我和他们并不熟悉，进到会场，就像进入了另一个世界或者异国他乡。然而他们对我并不排斥，个个面带微笑表示欢迎。他们大多看过我的书或熟知我，愿意由一位众所周知的作家改换他们当时黯然的处境。新时期以来，在中国十二个文艺家协会中，作协、剧协、音协、美协、影协等等都很强势；都冒出过一些惊世骇俗之作震动社会，都有一批风头正健的艺术家为世人瞩目。民协却是一个例外。在骤然开放的大文化中，外来文化夺人耳目，本民族固有的传统民间文化被冷落，被边缘化，被挤到一边，所以民协是最弱势的。民间传人更是默默无闻。中国文联一位领导对我说："你是不是可以把民间文化振兴一下？你对民间文化并不生疏，应该说很在行，你的小说不是有大量的民俗和民间文化吗？"其实我写的民俗和民协的民俗是有差异的。民俗学者的民俗是学术对象，我笔下的民俗是我的人物有声有色的生活；学者们的民间文化是一种研究素材，我的民风民艺是一种情感与情怀。我怎么走进他们的世界？我想我应该先到各个地域的民间文化中去跑一跑。

就是这么一跑——山东、河北、山西、河南、浙江……我就掉进去了。就像当年在周庄、在宁波的贺秘监祠、在杨柳青。我一下知道了原以为中华大地上缤纷灿烂和无比丰厚的民间文化已是满目凋零。漫山遍野的奇花异卉什么时候凋谢成这个样子？在河北白沟几乎找不到一件我儿时着迷的泥模与泥玩具，而且那里早已成为北方闻名的小商品集散地，人们已经不知道什么是泥模和泥玩具了。在杨柳青著名的画乡沙窝走街串巷，也找不到一点与年画相关的踪迹。最终访到一位老艺人，七十七岁，早已搁笔不画了。这样的"遭遇"多着呢，特别是在北京的吕家营和天津的沈阳道乱哄哄的古玩市场为将来的学院寻觅古物时，亲眼看到一批批民间遗存如同落叶残花在眼前纷飞，我把这亲眼目睹的情景写在一篇文章《从潘家园看民间文化的流失》中：

　　我们最先看到的大都是硬木家具、名人字画、明清大瓶、木佛玉佛、文房四宝、柜中细软，以及种种精美的摆件与物件。人们拿老东西换钱时，总是先挑其中的精华。当这些家传之宝卖得差不多了，便开始寻些昔时旧物来卖。官皮箱卖光了，就卖老祖奶奶的梳妆盒；镜框里的画卖了，再卖镜框本身。堂屋里的竖钟和插屏卖了，便去卖厨房里的粮斗和月饼模子；过世的老爷爷的砚台笔洗卖了，辄去卖老人遗留身后的烟袋、眼镜、帽头、扳指、烟壶和老衣服。反正老东西总值几个钱。最先掏钱买这些东西的是洋人。洋人很看重我们这些古老的民间事物，将其视为文物，但我们却把民间的老东西当作过时的破烂，这就叫洋人捡了便宜。于是，民间文化源源不绝地流入市场。

市场是买方的。哪样东西有买主，哪样老东西便热销起来。于是从民间家居的各样物品，到各种作坊和商家的器具，再到手艺人千奇百怪干活的家伙——凡形制别样的，凡有做工的，凡有文化符号意义的，便有买主。这一来，九州各地千百年来积淀而成的不同形态的生活文化就开始全面地瓦解，化为商品，纷纷跑到市场来。每一种民间物品来到市场，便表明这种民间文化已经成为历史。剃头挑子来到市场，表明老式的走街串巷的剃头匠连农村也没影儿了；年画木版走上市场，说明木版年画已经无人问津；整箱的提线木偶出现在市场，不是告诉我们这种有声有色的乡野戏偶已然绝迹于民间了吗？

从这十几年古玩市场上民间文化的大走向看，先是历史精品，后是生活文化；先是室内用品，随后是室外杂物。

当种种房契、地契、老照片、木匾、抱柱联、脸盆架、灯架、花盆、鱼缸、山石乃至家谱、祖宗画像和牌位都进入市场

* 在北师大召开的"中国民俗学学科建设及人才培养"会议。右
  起：于光远、启功、季羡林等
* 专家们共同发出紧急抢救民间文化的"呼吁书"，影响巨大，
  它反映了一代中国知识分子的文化良知

之后，便开始拆房推墙，将那些刻花的窗格、门片、花罩、梁木、牛腿、刻砖、门墩及石础拿出来卖。近五年，市场流行各省各地的花片中，既有江浙一带"千工床"上镂花的雕版，也有各地花样百出、风情各异、精美绝伦的窗扇。这些花片价格便宜，尤为"老外"喜欢。由于不属于文物之列，可以堂而皇之走出海关。就这样，大批古老的民居，优美的民间文化，成百上千年凝聚的文化元气，一哄而散了！

有一次我在古董村吕家营见到一个终生难忘的景象，我被一个山西的小贩带进一个个很大的库房。这些库房原先是农民存放粮食的地方，现在租给由山西和河北等地来的小贩卖古董。古董的来源自然都是这些小贩从自己的家乡搜罗来的。由于最早买中国古董的都是外国人，北京的外国人多，几乎所有驻京的各国使馆都有几个外交官是中国的"古董迷"。所以各地小贩就向这里的农民租房租地，"开发"出几个古董村来，方便寓居北京的外国人来选购。我惊讶地看到，一个库房内放着满地的各式各样的古老油灯，总共有一两千个；另一个仓库内全是各样色彩优雅又漂亮的彩绘的帽盒，堆积如山；再一仓库里各式各样的烟袋和拐杖，式样之繁多，数量之巨大，见所未见。给我的感觉——好像有一架神通广大的"吸取机"从中华大地上开过，数千年一切遗存瞬息间便被尽其所有、净光光的汲取一空。我们的文明史到底遭遇到了怎样的劫难？为什么我们没有痛感？

记得一次我和一位比利时人争买一辆精工的枣木轿车。我一狠心，花掉一本书的稿费。其实我不是非要这辆车不可，而是不愿意祖先遗留下来的这么好的东西再让洋人弄走。

那些年，我们流失了多少宝贵的、珍奇的、独异的、历久经年而不可再生的民间遗存，谁知道？

中国文物流失的"狂潮"共有两次，一次是1840年至1949年间；一次是二十世纪的八九十年代。后一次主要是民俗文物流失，几乎是灭绝性的。

当年敦煌只一个王道士，如今的王道士已是遍布各地，成群结队，千军万马。

当年斯坦因身边只有一个中国的文人蒋孝琬，专门帮他鉴别中国古物，今天这种"知识汉奸"无处不在，是一群另类的盗墓贼。

我们真的太糟了——

"文革"中我们恶狠狠毁掉我们的一切，现在我们又乐呵呵扔掉我们的一切。

可以说，我后边的"疯狂的抢救"正是从这样的背景下开始的。

我3月19日被选为中国民协主席，当晚就在自己的日记上画一个圆圈，这圆圈是我一年三百六十五天的时间，是我的生命蛋糕。我的事情本来就太多，跨世纪以来短短的头两个月又增加了这两件事。我真要认真分配一下我的时间了，我要切开自己的生命蛋糕分给我的每一项工作。我先按百分比来设想和划分我的有效工作日，分开之后，再计算出一年中每项工作各占多少天。我是这样分配的：

写作	75天
学院	75天
城市保护	30天
绘画	30天
市文联	15天
全国文联	15天

中国民协	15天
党派	15天
小说学会	9天
政协	21天

从这个表格看，我给自己最多的时间还是写作。那时，我并没想到民协工作会用更多的时间。但是到了夏天里一次中国民协的主席团会议上，我提出了"中国民间文化遗产抢救工程"的想法，随后在一次次专家论证会上，这个想法的重要性渐渐地被认识得愈来愈清楚了。当专家们一致认为这件事必做不可时，便召开主席团会。我在7月14日的主席团会议上说："我们要做的事，可能是有史以来没有过的中国民间文化的保护行动。"这么一来，我给民协的时间绝不可能只是区区的十五天了。

要说服上上下下做这件事，我必须认真思考我们的理由。

后来，我在反思我们自己这个"历史"时，我认为最重要的是当时提出的两个概念：

一个是遗产。我们在民间文化后边加上"遗产"两个字，这就与以往单纯的"民间文化"的概念大不相同。民间文化是现在活着的文化,民间文化遗产是过往的历史所创造的必须保存的文化精华,是一种历史财富。这个概念的提出,显然受到了法国人遗产观的影响。当时民协的秘书长向云驹问我:"民间文化是延绵不断的,遗产这条线划在什么时候?"向云驹的问题很重要,他是一位理论素养很高的学者,他要弄清这个遗产的时间界限很必要。我说:"我想过,是不是应该划在农耕文明与工业文明之间,我们现在正是站在这两个人类文明的交替之间,或者说是站在文明史一个非常重大的节点上,农耕文化的精华是必需保护和传承的遗产。"他同意我的观点。我们认定之后,又在主席团中间对这个概念进行解释并达成了共识。

再一个是抢救。在现代工业文明猛烈地冲击下,我们对处于瓦解与濒危的民间文化遗产的首要工作是抢救。我们现在抢救下来多少,后代就拥有多少。抢救是一种时代性的使命,必须付诸行动。

这两个概念的提出,使民协先前的思想理念与工作方式截然不同了。

在没有陷入行动的漩涡之前,我已经陷入思考的漩涡里。那时在民协的各种会议上,我不断把对这些问题的各种思考阐述出

23日闭幕式讲话，下午工作室讲话。

四天中少激动些地名走浅，获奖画浅。民间文化是

① 看书合后或会把一部分时间放在这里。

我怎么样的精力，真小心配？真没有心情酶口打

写作 20%	75天	
研究院 25%	75天	
城市保护 10%	30天	
节会活动 10%	30天	
艺术联 5%	15天	
剧协 5%	15天	
民协 5%	15天	
走访 5%	15天	
政协 3%	9天	
政协 7%	21天	

23日地运情

时间的精
① 实际工作 ③ 学
② 会议

① 生活之外
② 出访之外
③ 杂层壤专之外

1% 为一年的

☎

* 我怎样划分日子？

来，求得一致的意见。我心里明白，我们面对的问题无比巨大，这可是中华大地五十六个民族一切的民间文化。但是当时我还不知道这文化到底有多大，多么丰富，现存状况多么复杂，做起来会多么艰难。反正，民协主席可不再是一个什么"闲职"了。历史把一个使命给了我——就是要做一件与民间文化命运紧密相关和不能不做的事。我之所以敢这么想，是因为背后有民协这个组织。它决不像上世纪初一些学者抢救敦煌遗书时只是一个松散的志愿团体。民协是公办的群团组织，会员有三四千人，中间有相当一批优秀的学者和民间文化工作者，分布在全国，而且在各省市都有一级组织。如果目标一致，就是一支很大的强有力的团队，完全可以做起这件大事。老天真的是帮了我了，这是我原先没有想到的。

我知道，如此浩大的全国性的文化举动还是要经过官方同意，得到官方支持的。而且，文化遗产的第一保护人是政府，这也是政府的责任。如何说服官方并与政府协同一起来做，是我首要的工作。因此我还要进一步从时代、社会和大文化的背景上做宏观和本质的思考。我必须能够简洁又清晰地讲透文化遗产抢救的时代的必然性、必要性与紧迫性。

真正的思想，都是把复杂的问题变得简单，而不是把简单的事物变得复杂。这也是哲学的本质。

这年深秋，我尊敬的钟敬文先生患病住进301医院。刘铁梁陪我一起去看钟老，钟老九十九岁，那天他精神分外好。他嘱我两件事，一是把民协停刊多年的理论刊物《民间文化论坛》恢复起来，他说民间文化界需要这样一个纯理论的阵地；一是近期他要在北师大召集一个"中国民俗学学科建设及人才培养"的座谈会，他已经约了季羡林、启功和于光远几位老先生参会，他病了不能出席了，希望我能到会讲个话。我告诉他这两件事我都会照办，请他放心。后来我们遵从钟老的愿望，把《民间文化论坛》恢复了。

11月23日我到北师大参加"中国民俗学学科建设及人才培养"座谈会。钟老邀请的儿位老先生全到了。我在这个会上的发言中，先对参会的大学生们说："你们都是做民间文化研究的，但你们知道你们的研究对象得了重病，正在大地上呻吟吗？"接着我以"民间文化工作者的当代使命是抢救"为主题讲了民间文化面临的时代性威胁与遭遇。讲到"由于文明的转型，原有的民间文化瓦解是历史的必然"，讲到在开放带来的中西文化冲突下，民间文化的弱势所面临的令人担忧的文化危机，又讲到我在近一年考察中亲历的民间文化种种濒危的现状。我说："我们的民间文化每一分钟都有一批在消亡。""一旦它消失干净，我们的研究就没有对象了，没有生态性质的东西，我们也看不见，感受不到了，而且它们是一次性的，过往不复的。那么我们这一代知识分子的身上就有一个使命，义不容辞的使命，就是抢救！""我们不能坐在书斋里，我们要把书桌搬到田野中去！"我第一次公开表示中国民协要像"1964年法国的马尔罗所做的'大到教堂小到匙勺'的文化调查那样，对我们中国自己的民间文化遗产进行一次全面的紧急的地毯式的抢救"，希望几代文化人共同投入。我这次讲话更像是抢救工程启动的一次预演，得到了大家积极地呼应。我心里很高兴，看来我们为抢救工程准备好的"理由"是有极强的说服力的。于是，我们拿出中国民协事先起草好的《抢救民间文化呼吁书》，请大家签名，形成合力。季羡林、于光远、启功等几位德高望重的老先生很支持，先签了名，到会学者们也都踊跃签名。知识界的文化良知给了我很大的力量与信心。

我的工作是要设法在国家那里立项了。

二、把自己钉在文化的十字架上

对于我，2001年和2002年好像是连在一起的，中间没有"年"的界限；这两年所有日子也像全连在一起，中间没有"天"的界限。那年我写过一句话——黑夜是白天之间的粘膏。我的时间和心思都花在了"中国民间文化遗产抢救工程"的立项上。

真没想到立项这事真难，幸亏我是从"文革"熬过来的，身上有"排除万难"的基因。

在这两年里，我只做了两件与此无关的事：一是2002年是自己生命中重要的甲子之年，我选择了三个地方——父亲老家宁波，母亲老家济南，我自己出生的燕赵之地，各办了一个小型画展，我总是要在自己生命的各种重要的纪念日里，做一点有意味的事，表达对自己的生命的敬畏。我在这三个地方办画展是要感恩生养我的三个地方。二是率中国文联代表团出访我心仪已久的俄罗斯，这期间苏联刚刚解体，我在这次感受十分异样的游访中，还随手写了一本手札式的小书《倾听俄罗斯》。其他时间开口闭口全是抢救工程了。为了立项，每个月都要许多次往来京津，开会、找政府、思谋办法、联系各种人和事。这一年的很多时间都花费在往返京津的高速路上，以致把听着音乐驰车夜行当做一种别样的享受。

我刻意将抢救工程的第一炮放在当年的政协会议上。事先，我做了充分准备。二月底，先在民协系统做了一个"煽动性"很强的演讲，题目是《不能拒绝的神圣使命》。从这个题目看，我已经把自己钉在民间文化遗产的十字架上了。当然，这是我心甘情愿的。

为了给抢救工程造势，我选择在了政协会议例行的文艺界别的联组会上，用发言的方式把我们的思考和庞大的计划公开出来。政协的联组会人多，一百多位政协委员，都是文艺各界知名的作家艺术家；媒体也多，相关部委还都要派来一位部级的负责人。在这样的会议上发言，影响力会被十倍百倍地放大。我发言的主题是"抢救民间文化遗产需要国家大力支持"。联组会通常要来一位政协的领导人"听会"，没想到这天来的竟是政协主席李瑞环。我的运气不错。李瑞环曾是天津的老市长，我熟悉他，知道他喜欢听独到的见解和来自生活鲜活的实例。我是作家，这样的谈话是我的强项。我便把发言稿撇在一边，随性地讲出当下文化遗产尴尬的处境与许多荒唐的时弊。我感觉，那天我讲得生动又尖锐，会场效应很好。中间有个插曲。我讲到城市历史文化遭到破坏时说："这些年有一个词儿不好，几乎是灾难性的，就是——旧城改造！如果说'老城改造'，起码知道老城里还有好东西，但是说'旧城改造'呢，首先想到的是'旧的不去，新的不来'。而且'改造'这词也不好，我们所说的改造都是针对不好的东西，如知识分子改造，劳动改造等等。如果当时说'老城建设'或'老城修缮'就会好得多，很多老城里的好东西就保下来了。"

李瑞环接过话说："'旧城改造'这个词是我发明的。"

大家听了哄的一声，不少人扭头望着我。好像我踩了领导的脚了。我马上站起身，朝主座上的李瑞环双手一拱拳说："哎哟，冒犯了，主席！"全场笑了。

李瑞环竟然也笑了，他说："我们那时候确实没这个觉悟，我们脑袋里想的全是怎么解决老百姓生活的困难，那时老城里的生活条件实在太差了。但是你们现在这些观点是对的。"他表示了对我的观点的赞同与支持。

李瑞环的气度和实事求是的态度确实令人佩服。我情不自禁地站起来鼓掌，全体委员也报以热烈掌声。于是，我们的遗产观和抢救的想法，就被媒体传出去。当晚央视也做了报道。

我更重要的一个做法，是同时向大会递交的一份提案（2543号）。这个提案是我代表中国民协提的。题目为《关于紧急抢救民间文化遗产的提案》，在这个提案中，我把中国当代文化面临的问题、文化遗产的重要价值、必须应对的工作，以及我们要承担什么，讲得十分清楚：

在全球化时代，世界各国各民族都日益重视自己的民族民间文化。世界文化的大走向是本土化。这因为民间文化是一个民族精神情感的载体，是民族凝聚力与亲和力之所在，是民族特征与个性最鲜明的表现，是民族文化的根基。

我国是文化古国与大国。民间文化博大而灿烂，但由于认识上的种种误区及盲点，同时又没有法规保护，尤其在现代化大潮中，面临着"摧枯拉朽"般的灾难。无数珍贵民间技艺随着老艺人逝去而销迹；大片大片风格各异的古老民居及其蕴含其中的历史文化精华正被推土机推倒铲除；大量民间文化的典型器物流失海外。民间年画、皮影、傩戏、剪纸等等经典民间艺术随其生存土壤与环境的破坏而日渐式微。对于这一切，我们尚未做记录，即已消亡。我们优秀的文化传统及其财富正在急速的流失与消亡。

民间文化遗产具有原生态的性质，都是无法再生的，因而抢救和保护民族民间文化遗产迫在眉睫。二十世纪六十年代日本与法国在现代化高潮时刻，都不约而同地开展了抢救和整理民间文化遗产的国家工程。他们对自己的文化财富进行全面和科学的普查与记录，理清家财，颁布相关的保护法规，确定"遗产日"，从而加强了民间文化的认同和对乡土的热爱，也极大地激发了人民的文化自尊和民族自信。

有鉴于这些经验，也基于我国民间文化遗产损毁严重，现况混乱，情形紧急，心中无数，中国民间文艺家协会正筹备中国民间文化遗产抢救工程，内容包括对民间文化遗产的抢救性普查、搜集、摄录、分类、登记、整理、出版和制作。范围覆盖全国各地各民族。

此工程拟用时十年。它完成后，将是前所未有的对中华民族民间文化全面的记录、整理与总结，将填补中国文化史一项巨大的空白，还中国文化一个全貌。

　　由于工程项目浩大，时间紧迫，任务繁重，单单是中国民间文艺家协会一个文艺团体很难完成。如此超大型全国性的重大文化项目，必须有党和政府的参与和支持。故希尽快将其纳入国家重点文化科研项目，以尽快展开。

　　这实际是向国家申报立项了。

　　会议刚散，3月14日接到中宣部通知，要我和全国文联新来不久的书记李树文第二天下午去一趟，丁关根部长要与我谈谈今年政协这个提案。那天中宣部的几位副部长刘云山、李从军、刘鹏都在座，足见中宣部的重视。我见领导人从来不会紧张，但由于这次谈得好坏攸关"抢救工程"立项的成败——这便使我不由自主地紧张起来，一口气说了一个多小时，感到口干舌燥得厉害，不断地喝水。丁关根一直很认真地听，却不做任何表态，只是几次插话反问我"有这么严重吗"？"意义有这么大吗"？这问题真不好答，以往谁会去讲民间文化的意义和遗产的意义？当我感觉自己讲得非常费劲，甚至有点笨嘴笨舌时，丁关根忽然说："这件事十分重要，我们做了。"

　　一瞬间我觉得如释重负。丁关根和几位部长认为这个工作最好

  * 为抢救工程而编写的《中国民间文化遗产抢救工程普查手册》和《中国民间文化杰出传承人调查·认定·命名工作手册》，要求普查人员人手一册

由中国文联与文化部共同来做。由于这件事太大，需要国家给予经费投入与支持，文化部出面会顺理成章。于是丁部长叫我和李树文去文化部，对孙家正部长讲一次。

不知为什么耽搁很久，一直等到七月份，文化部约我和李树文到部里，那天孙部长召集了一个部长办公会，人不多，出席的人大多是司长和副司长。我将前次在中宣部所讲的内容原原本本搬到了这里。那天的会开得很好，决定由文化部、国家民委、中国文联、中国民协和文化部所属的艺术研究院，共同来做一个"中国民族民间文化遗产抢救和保护工程"。在我们原先那个工程的名称里加上了"民族"和"保护"两个词儿。我认为保护是政府的职责，既然合作，都会加进自己的工作内容，没有多想。会议还决定工程的办公机构放在文化部，专家委员会放在中国民协。经费由文化部向财政部申请，申请下来后通过中国文联给中国民协拨一笔工作经费。

名义有了，经费有了，凤凰就这么轻易地落在屋顶上？此后好一阵子，中国民协处在皆大欢喜之中。从中宣部的同意与支持，到文联与文化部合作立项，以及向财政部申报经费，一项史上空前超大的文化工程已经由理想转化为现实，实实在在落到我们身上。可是，一个月后事情便有了变化。一次文化部找我去开会，竟然将工程的名称改了，变成"中国民族民间文化遗产保护工程"，把"抢救"这个词抹去了。当下民间文化遗产最紧要的时代使命是抢救，怎么能去掉？为什么去掉？去掉了我们做什么？而且这次会上也不再提专家委员会放在中国民协了，我们被虚化了吗？我提出我的意见，没人回答。我感到事情在微妙地发生变化。我回到中国民协，把情况通报给大家，大家感觉有点不妙。我们赶紧编写出一套完整的抢救工程方案，实际是抢救工程大纲，送到领导部门，却一直迟迟没有回应。

我一边怀着莫名的担心，一边不断地去找相关的领导部门说明情况。我却很难说出我所担心的是什么，只能要求尽快为抢救工程立项。因为濒危的文化正向我们呼救。一次我在演讲中一句话就是：民间文化在拨打120——向我们紧急呼救！

不少媒体帮着我把这句话喊出来。

焦急中，10月15日中宣部以"国家社科基金特别委托项目"的名义，给我们的抢救工程正式立了项！内容是——

根据中宣部领导的批示，我办会同文艺局对你协会申请"中国民间文化遗产抢救工程"前期工作经费的请示进行了研究，决定以国家社科基金特别委托项目的形式予以支持。现报经全国哲学社会科学规划领导小组批准，已将《中国民间文化遗产抢救工程》列为2002年度国家社科基金特别委托项目，批准号为02@ZH010，资助经费三十万元，一次性拨付。待项目完成，可适当补助部分出版经费。请根据《国家社会科学基金特别委托项目暂行管理办法》及其他有关规定，认真开展研究工作，取得预期研究成果。研究成果出版或向有关领导、决策部门报送时，请在醒目位置标明"国家社科基金特别委托项目"字样。

虽然这项基金的经费只有少得可怜的三十万元，但毕竟使我们"出师有名"。如果与文化部的合作真的有问题，至少我们凭着这个立项的批件，马上就可以启动了。可是与文化部的合作最终如何，一直不得而知。我因为在抢救估衣街时与政府部门打交道有过"前车之鉴"，一想这事儿，心里边就打鼓。

半个月后，我率领中国民协一行赶往河南，去参加河南省民协与朱仙镇政府合办的一个盛大的全国年画节，这实际是河南民协打响的全省文化抢救的第一炮。那天开幕式在镇中心一个小广场上。广场人声鼎沸，挤满了人，很多人只好爬到墙上房顶上，人们为自己拥有的世代传承的木版年画感到自豪。我在台上致贺词时，激动之极，我说：

所有从事文化、关心文化的同志都会被今天朱仙镇人的这个举动、这个在凛冽的寒风中热辣辣的场面所感动。我很少看到这样的场面：整个古镇万人空巷；工农商学兵都走上街头；连房顶上、墙头上都站着老百姓。此时此刻，我们强烈地感受到这个有着九百年传统的年画之乡的人民对自己文化的一种崇高的自豪感，一种挚爱、一种崇拜、一种激情。这正是我们期待看到的。在经济全球化的今天，如何保持自己文化的个性，是全世界都关心的重要问题。或者说，在经济全球化的今天，文化上是全球的本土化。在这中间，民间文化有着特殊的意义。因为民间的文化是老百姓用自己的双手和心灵创造的。它是民族性格的一种直接的表现，是民族情感、民族凝聚力的一个载体。所以，我们抢救、保护、弘扬民间文化，首先是为了加强中华民族浑然一气、生生不息的精神。

我注意到了——

你们不是仅仅把民间艺术作为一种历史遗产，还作为享用不尽的未来的财富；你们不仅仅把它看作一种经济资源，一种在经济上永远的增长点，你们还把它看成一种永恒的精神的宝藏。我们钦佩你们！并相信你们不但会把这个年画盛节办好，还一定会使中原文化发扬光大，发挥历史优势，重振文化雄风，让历史的辉煌照亮明天。

那天，寒流骤至，台上风大，我讲过话嘴巴冻得生疼，心里却热烘烘。我对同来的民协的书记、驻会副主席白庚胜和秘书长向云驹说："咱们的抢救工程别再等了，河南民协已经干起来了，咱们就在这儿开始吧。反正咱们已经立项了。"他们笑了，说："赞成。现在很多年画产地的人都来了，各省的民协也来了，还来了不少专家，咱们率先发动一下也未尝不可。"我说："好呵，年画本来就是民间艺术的一个龙头。再说春节不远了，春节是年画和年文化的活跃期，这期间最利于做年画普查，错过春节就要错过一年。"

于是，我们就这样迫不及待地干起来了。看似很情绪化，实

* 山西省晋中后沟村
* 专家小组考察后沟村的古庙观音堂（前左乌丙安，
  前右向云驹，后中潘鲁生等）

际上更理性，因为我们深知文化的现实。当时开封的一家报纸采访我，报道时用了我在现场讲的一句很迫切的话做为题目：抢救民间文化，一天也不能等。

当天下午我在中国木版年画研讨会上，代表民协做一个演讲。演讲提纲是午饭后趴在桌上拟的，题目就用了《年画是民间艺术的龙头》。我明确地说："在中国年画史的源头之一朱仙镇举办年画节，既是要振兴这一巨大的文化遗产，也是作为中国民间文艺家协会主持的中国民间文化抢救工程的历史性的发动。我们要把年画作为抢救工程的龙头与开端。"第二天，我们就邀集各地民协的负责人，召开"中国木版年画抢救工作会议"，具体地布置普查。我手里早就有一份材料《抢救与普查：为什么做，做什么，怎么做？》，原打算在抢救工程启动时讲的，现在索性拿出来讲了。就这样，全国各地年画抢救与普查就抢先开始了。

在朱仙镇开过会，我们就马不停蹄西行穿过中州，经三门峡市南下到晋中的榆次。我们还有一个重要的工作，那就是编写一本《普查手册》。面对即将启动的全国性千头万绪又规模浩大的文化普查，一定要有严格的规范和一致的标准。《普查手册》是必不可少的。可是编写这样的手册需要选一个文化内涵丰富的地方，组织专家做一次采样调查。

早在一个月前榆次的书记耿彦波打电话给我，说他发现了一个古老的山村，名叫后沟村。小巧精致，遗存丰富，原汁原味，村落文化与生活配置应有尽有。他打电话时，正坐着吉普车刚刚从后沟村里出来，说话时纯粹的晋中口音中透着抑制不住的兴奋。我深信这位著名的晋商大院——王家大院的发现者和修复者的眼光，便决定把我们专家组的采样调查放在这里。我们从朱仙镇赶来，一路赶往晋中，就是要与事先约好的专家们汇合，到后沟村进行采样调查。

我至今依然怀念那次后沟村之行。

那是一次迷人的理想化的行动，也是一次纯粹的、学术性的、充满发现的山村调查。后来，我写了一篇散文《榆次后沟村采样考察记》，记下此次田野调研的全过程与许多有价值的细节。

这个由十来个人组成的专家小组，有民俗学者乌丙安、民艺学者潘鲁生和乔晓光、视觉人类学者李玉祥和樊宇，还有向云驹和我等等。我们进入太行山东麓后，便惊奇地看到了这座原生态的黄土高原上美丽如画的小山村。它在高耸而深邃的山窝里，下临清溪，上覆青林，充足的阳光正面照上去，黄土其色如金，明亮耀目。小小山村中总共不过七十多户人家，带着小院的泥石小屋高低错落，依山就势，散布山间。令人惊奇的是，不仅酱房、醋坊、油坊、陶窑、豆腐房应有尽有，黄土高原上的各式窑洞也全能看到；而且真武庙、观音堂、关帝庙、山神庙、魁星楼等小寺小庙，竟有十八座之多——它们给世世代代身居这深山里的村民，以深切的安慰。半山腰上还有一个小广场，正面是一座木构的戏台。比这更令人惊奇的是这小小山村竟有一条排水道，由上而下直至谷底，因而使整个村落分外干净与明洁。

村民们在山顶上种植果木与庄稼，足不出山，自给自足。乌丙安先生从山上一个特别的宅院——门口有一个小吊桥，判定这村落应是来自元代躲避战乱的隐居村。虽然今天后沟村与榆次之间开车不过半小时路程。但古代无路可通，群山相隔，如在世外，十分安全。古人最初将村落选址在这么一个有山有水、风物相宜之地，确实令人钦佩。虽然历时久远，依然富于活力。

随后，我们在观音堂里的发现，给乌丙安先生对于建村时间的判断一个有力的支持。在这个半荒废了的小庙里，可以看到明代风格的彩绘画梁。一块明代天启六年的嵌墙碑《重修观音堂碑》上有

"年代替远，不知深浅"几个字，表明早在明代天启年间，这座观音堂就已经是年代遥不可知的古庙了。还从哪里可以得知更确切的年代？

我发现观音堂前有两株古柏，灵机一动，心想庙中植树多与建庙同时，何不查验一下古柏的树龄？便托耿彦波请来榆次林业局提取木质，分析年轮，最后认定为580年。古人一般建庙时，此地已有居民聚落，按此道理，至迟元末此地已有住民。这就与乌先生的建村之说相吻合了。

经过专家们几天来对后沟村和另一处剪纸之乡祁县的考察，所获极丰。我们一边请山西省民协的负责人常嗣新，组织人力为后沟村写一本村落志，一边请专家们以这个堪称乡土经典的后沟村为例，采用范本形式，为抢救工程编制出普查的纲目、标准与要求。

在专家们陆续完成工作之后，由向云驹和我着手编写《普查手册》。经过一番努力，在12月31日那天终于付梓成书。待把样书拿到手的当晚，还和家人喝了一大杯王朝红葡萄酒，为了这本书，也为了这艰难又非同寻常的一年。

值得记住的是这年春节的一件事。参加后沟村采风调查的电视摄影师樊宇，被后沟村迷住了。在这次采风之后，他几次带着一个摄像组从山东济南跑到后沟村去拍摄那里冬日的习俗。他们不愿意打扰村民，每次去都是自带睡袋，睡在山上寒冷的破庙里。这年大年三十子午交时，他忽然用手机打来电话，说他正站山头上拍摄大雪覆盖的山村的年夜。在电话里，他大声叫着，要我通过手机听一听村子里放爆竹的声音。话筒里传来的爆竹声清晰而响亮，还有樊宇他们兴奋的笑声。忽然一下，一点声音也没有了。我以为他的手机没电了，第二天才知道，昨夜他高兴得一脚踩空，掉到雪窝里，险些掉入山谷！

那时，我们这些人对文化的感情就是这么纯真！

过了年，文化部召集开会，真相揭开，才知道一切都变了，而且是质的变化。工程名改为"中国民族民间文化遗产保护工程"。我们原本那个"中国民间文化遗产抢救工程"没了。"工程"由一位副部长担任领导小组组长，我担任一个象征性的副组长和专家委员会主任。中国文联作为"合作单位"只是空有其名，原先说好的放在中国民协的专家机构不再提了，而是另立一个"国家文化遗产保护中心"，设在文化部所属的中国艺术研究院。"抢救"被彻底

* "中国民间文化遗产抢救工程"标志

踢开了，财政部拨下来的经费自然与我们没有关系。

没有人告诉我们这是怎么回事，我对官场的"部门利益及其游戏规则"完全不懂，更不懂得项目和经费是他们权力中很重要的刚性的工具，我是"官盲"，从来没有官场的"后台"，所以没有任何官员肯出头帮助，我找的官员虽说都不算小，都是部级大官，可是他们同级，谁能管谁，谁会得罪谁？国家文化的利益能比他们个人官场的利益还大吗？故而我束手无措。我就像个看魔术的观众，眼瞧着我们手里的果子就这么被人家轻巧地变没了。我找谁去说？我对谁发火？对谁说理？我可以不发火不说理，可是我们从哪里获得实际的支持？这样浩大的涉及整个国家民间文化命运的迫在眉睫的"抢救工程"就给晾在一边儿了吗？

那时——老实说，我有一种绝望感。

但是我们不能放弃。所有认定的使命都不能放弃。我和白庚胜、向云驹聚在一起，我们相互鼓励，相互安慰——好在我们已经在国家社会基金那里立项了，我们还有三十万，下边怎么干？就这么光着膀子干吧。

三、做行动的知识分子

我们没有陷入那个"工程"的名称之争，我们对官场里的争执没有兴趣，决定回到自己的原点，也是学界更纯粹的立场——抢救。粮草被断了，也好，不抱幻想了，不管它了，破釜沉舟，置之死地而后生，先干起我们要做和必须做的事吧。

谁会知道，我们的"中国民间文化遗产抢救工程"是在这种情势下发起的？

春节刚过，2月18日我们就急不可待地在人民大会堂召开了规模很大的新闻发布会。由于此前已造成声势，这次媒体给予了很大的关注。我代表民协在会上发表题为《庄重的宣布》的致词，不仅表达我们心中涌动的时代激情，也充分阐述了这一年来对文化命运的深切的思考。尤其这几段话：

首先，我代表中国民间文艺家协会庄重宣布，我国民间文化界志愿和激情承担的中国民间文化遗产抢救工程，今天开始正式启动。然而，就在此时，在全国各地，许许多多富于文化责任感的学者、专家和志愿者，已经迫不及待地深入到田野、到山坳、到民间，对那里宝贵的文化遗产进行抢救。

我们身处一个巨大的深刻的急速的变革的时代。

这个时代的国际背景是经济的全球化。在经济全球化的时代，各国各民族的本土文化都受到空前的根本性的挑战。对于我们这个东方的文化大国，文明的古国，其感受就来得分外的强烈。

我们为之自豪的中华文化从来都是由两部分组成的。一部分是精英和典籍的文化，一部分是民间文化。两部分同等重要，相互不能代替。特别是民间文化。它是我们的人民用双手和心灵创造的。数千年来，积淀深厚，博大而灿烂，并且与人民的生活情感与人间理想深深凝结着。如果说我们民族的精神思想的传统在精英和典籍的文化里，那么我们民族的情感与个性便由民间文化鲜明而直接地表现出来。所以我们说，民间文化是中华文化的一半。

但是，由于种种历史偏见，民间文化并没有处在与精英文化同等的位置上。甚至只把它当作一种可有可无的初级的自发性的文化现象来对待。所以，它们没有文字记载，没有登堂入室，大多只是凭借着口传心授，相当脆弱的方式代代相传。可是一旦没有传承人，就如断线风筝，即刻消失，化为乌有。因而，民间文化的生存方式一直是自生自灭的。这样，在工业化和全球化的今天，它必然遭受致命的冲击。

能够让自己的文化损失在我们这一代人的手中吗？能够叫后人完全不知道先人这些伟大的文明创造吗？不能！

为此，中国文化界愈来愈多的人把抢救民间文化遗产当作不能拒绝的神圣使命；当作是时代和历史放在我们肩背上的必须承担的重任。

如果我们不动手去抢救，再过二十年，至少有一半民间文化会化为乌有。故此——

我们决定要对九百六十万平方公里、五十六个民族的民间文化遗产进行一次全面的、彻底的、拉网式的普查与抢救。

我们计划用时十年。

我们的抢救工作是五个内容：普查、登记、分类、整理、出版。普查是第一位的。

我们的工作口号是：摸清家底，整理遗产，保护资源，光大精华。

我们的抢救采用具有科技含量的现代手段。包括文字、拍照、摄影相结合的三维的立体的普查方式。还有数字化和档案化的储存方式。

我们的工作对象是民俗、民间文学、民间艺术（以民间美术为主）。形象地说："大到古村落，小到香包"，统统在我们的视野中。

我们深知这是一项规模浩瀚、错综复杂、千头万绪的工作，一项持续性很强的十分漫长的工作，一项必须付出辛苦而长期深入民间的田野性质的工作。

它更是一项纯奉献的工作！

然而中国民间文化界已经背起这个沉重的文化十字架，不会放下。我们下决心把这个工程一直推动到目的地，直到我们将这"中华文化的一半"——将这笔巨大的遗产和文明财富整理有序，分门别类，清晰完整，而且使人们看得见、摸得着。到了那时，我们才会松一口气。

我们相信会有愈来愈多的知识界人士，尤其是我们的年

* 全国性田野普查全面开始了。在贵州黔东南苗寨考察
* 在闽西土楼前，与原住民聊聊

轻人，一定会志愿地加入这一空前规模的文化行动中来。因为我们深信一个道理，只有全民族都关爱自己的文化，以自己的文化为荣和自豪，我们的文化才能在世界发扬光大。我们的文明传统才会真正传承下去而不中断，我们民族的精神才更加强大！

我也不知道，当时怎么有那么大的胆子，口袋空空，分文没有，就敢声称要拯救濒危的全民族的民间文化！

我在致辞时，感到自己心里不断涌出一种悲壮感，因而致辞后浑身火热。如果这时我去拥抱一块冰，一定会立刻将它融化。

为了统一这次大普查的目的、思路、标准和方法，发布会上，我们那本《普查手册》同时出版发布。封面是我去请吕敬人设计的。大红色的封面上，一双手小心翼翼地呵护着一个满是裂纹、脆弱不堪的优美又经典的惠山泥娃。这双手就是我们。

接下来就是召开一系列各种形式的工作会议。憋了许久的全国性的文化大普查马上就要如同提闸放水那样不可遏制地开始了。

没有一帆风顺的事。总是冲开龙蛇阵，又遇拦路虎。

　　这时突然出现一个意外，就是非典。意外中还有一个意外，就是奥地利的文化部通过中国驻奥使馆，约请我为他们写一本维也纳的文化游记。他们知道我多次去奥地利，写过一些文化游记。有的文章还被选入了我国的语文课本。他们的想法很妙，想通过中国有影响的作家的笔，把奥地利文化的魅力传递给中国读者。这样做的好处是中国读者熟悉自己的作家，中国作家的角度也是中国人感兴趣的视角。其实，这件事对我并不难，因为我已经写过一些维也纳散文，还有很多五彩缤纷的感知在肚子里没写出来，只要再去做一个短暂的旅行，添加一点感性的体验，我会帮他们很快做好这件事。

　　我答应了他们，计划去两周。因为大普查在即，很多事都在我手上，可是奥地利大使馆给我的签证却慷慨得出奇，竟然给了三个月。为什么？谁又知道我真的会在奥地利正正好好待了三个月？

　　把我阻截在奥地利的正是非典。完全没有料到非典这么厉害！

　　非典来得凶猛。可是刚刚开始时，大多数中国人并不知道非典为何物，也不知会给生活带来这么大威胁和麻烦。我在北京机场登机去奥地利时，见到一些来自境外的人大多面戴口罩，还笑话他们小题大做，但到了维也纳，却从电视里看到国内非典的肆虐日甚一日。这时，在维也纳人每每说到SARS，常常会"谈虎色变"。我在奥地利的工作很顺利，正要打算背起行李踏上归程，忽然得到消息，往来北京和维也纳的民航和各国航班全被取消，一下子断了归路。家里的人包括天津文联和中国民协的同事也都说你不能回来，就是绕道回国也不准回家，全要被车子拉到一个地方隔离起来，担心SARS病毒从外边传入。而且此时全国各地全都不准聚众活动了，连我们各地的普查工作也暂停了。这有点像发生了战争。

我被拒于国门之外，只好安下心来住在维也纳三区一个老房子里写作。一天，使馆的文化参赞带来一位奥地利人叫马万里，曾做过香港的商务参赞，现在是萨尔茨堡的政府顾问。他知道我在为维也纳写书，现在国内闹非典回不去，萨尔茨堡州政府很希望我也为他们写一本书。州长请我去。我知道萨尔茨堡绝不仅仅是莫扎特和卡拉扬的故乡，它整个城市都是世界文化遗产，文化非常深厚优雅。反正我当时手里有大把的时间，于是又跑了一趟萨尔茨堡。跟那里的大主教、莫扎特音乐学院的院长、风俗通、手艺人、歌者到普通的百姓、猎手与山民，还山水风情，广泛接触一通。我想很少有人能像我这样，能够如此幸运地体验到萨尔茨堡的方方面面。这一来，我真的深爱上奥地利。如果国内没有文化抢救的事，我至少还会在奥地利待上一阵子，在这个连风景里都含着音乐的国度里，用心去看去听去问去读。

但我一直在随时准备回去，天天打听航班是否恢复。我被维也纳大学邀请去演讲，讲得还是自己最关心的《中国文化遗产的时代遭遇》。在萨尔茨堡我还专门去考察他们的民间文化……在奥地利——这个被拒于国门之外的三个月，恐怕是我近二十年来最个人化、时间最宽绰的日子。可是我好像已经不大会享受生活的闲适了，只要有几天时间，我就会跑到历史深厚的地方，去感受一下欧洲人的遗产观和文化观。这些在我此行后写成的《维也纳情感》与《萨尔茨堡手记》中都可以读到。

到了整整三个月后的那一天——我一直不明白，为什么正好是三个月，一天不多也一天不少？民航航班终于恢复，我是坐着复航后第一架飞机赶回北京的。到了机场，还好一番地接受询问与身体检查。

要想把搁置一段时间的大普查重新有声势地推动起来，必须借助于一些全国性的文化行动。河北的民协副主席郑一民正好要做一件事，他要凭借张北地区蔚县剪纸的影响力，把全国剪纸的普查发动起来。这想法很好。在中国的民艺中，若论普及性和广泛性，剪纸当属第一。田野大地的农家妇女谁不会剪纸？剪刀就在她们炕上装着针头线脑的草盏里，剪纸的花样就压在她们的枕头和炕席下边。所有绣花花样和窗子上的装饰，全是她们随手和随时剪出来的。故而，剪花娘子遍于大地，剪纸名乡遍及全国。剪纸普查会给各类民间文化遗产的普查"牵一发动全身"的带动。这样，我回国一个月后，经与一民和河北省民协的共同努力，全国剪纸大普查的大幕就在蔚县拉开。

这个会议效应很大，我们同时还启动了剪纸文化档案《中国剪纸集成》的编撰工作。这也是大普查计划中一项重要的工作，即每一种民间文化普查完成后，都要制作一份档案。自古以来，民间文化都是言传身教，口头传承，鲜见文字，更无档案，因使民间文化十分脆弱，若无传承便立即消散。因此将这些不确定的口头文化，经过文字记录和整理，转化为确凿的文献档案，就必不可少，也是此次普查工作一项刚性的要求。蔚县干起来，全国各产地也就干起来了。

在蔚县，我还跑到一些地方考察。张北地区文化底蕴深厚，无论是古村落，还是乡风村俗，人文风物，皆极为独异。我情不自禁地把北官堡的"拜灯山"、暖泉镇的"打树花"和坝上草原的"雪绒花"写成散文。没想到这些奇风异俗后来都成了文化名品。我还发现这一带乡间的小庙多如繁星，有的庙小不过一间斗室，四壁皆有高手绘制的壁画，大都是佛本生、佛传或道教的故事，从风格看有的竟是明代手笔，很珍贵。但这些乡间野庙的壁画还都没有列入国家文物保护的范畴，也不知其他省份有没有同样的情况（后来发现山西也有不少），只能嘱咐蔚县将这些小庙壁画列为专项普查，还要严防被人割取盗卖。蔚县认真接受了我的建议，用了很大的力气，将这些壁画遗存都整理了出来。在蔚县，我曾有感而发说了一句话——以后也经常说，便是：不管我们跑了多少地方，中华大地上的文化，我们不知道的永远多于我们知道的。

可是我们能把我们知道的全都保护住吗？比如那时各地还残存着许多文化浓郁、原生态的老作坊，如水磨坊、染坊、酒坊、醋坊、造纸坊……全都深厚又优美，可是我们人力有限，"手再大也捂不住天"，二十年一晃而过，现在基本上都看不见了！在这个时代急速地转型间，我们应是历史最后的目击者。我们常常为此感到幸运，又深感悲哀。悲哀大于幸运！因为我们没能为历史为后代留下这些珍贵的遗存。我们背负着太多的遗憾。到底是因为我们明白得太早了，还是整个社会明白得太晚了？

蔚县剪纸普查后，郑一民又找到一个极好的契机，想再把河北省的年画普查有力地推动一下，这正与我的想法不谋而合。民间文化太弱势，人们很少关切，我们需要一个个能够产生广泛社会影响的工作，给全国的普查造出声势。我们无权无钱，这就更需要声势和社会的关注，也需要鼓舞自己。

自从去年秋天中国木版年画的抢救性普查在朱仙镇启动，我一直在拉紧年画这条工作线索。年底曾带着一组志愿者再次考察杨柳青著名的画乡——南乡三十六村做田野普查，收获寥寥，只在宫庄子和南赵庄找到两位真正的自然传人——画缸鱼的王学勤和义成永画店的店主杨立仁。经过十年"文革"的摧残，全国各个产地的年画全都陷入濒危。像佛山、滩头、桃花坞、梁平、高密等产地，都只剩下可怜兮兮的一两个老艺人在印画。桃花坞所有画版在"文革"中付之一炬；一个名闻天下的版画之乡，竟然一块老版也没有留下，可是有几个人感到痛惜了？安徽阜阳、四川夹江、山东平度、山西临汾与绛州，这些曾经名噪一时的年画产地，竟然全看不到任何"生命迹象"。为此，中国民协在一月和八月召开两次专项的年画抢救工作会议。一月份的会议在天津召开，决定采用与剪纸工作一致的方式，以集成的编写推动普查。我还专门执笔写了一份年画集成的《编撰提纲》，强调这一次不是艺术普查，而是文化普查。这次普查的内容除作品之外，还要包括分类、使用方式、制作方法与程序、工具和材料、传承人和传承谱系、传播方式与地区、艺诀以及相关的民间传说等等。我们要将所有历史文化信息一网打尽。八月份的会议在山东潍坊召开，山东是中国年画产地最多的省份，知名的年画产地有潍坊、平度、张秋镇和东昌府等，但当时几乎一半产地已无生态。山东省是年画的重灾区，因此是我们抢救工作的重点，我把山东年画的抢救工作交给了两位得力的民艺学者潘鲁生和赵屹。

我们明白，除去年画抢救本身之外，我们还有一个工作要点是：怎样引起社会和公众对年画的关注。民间文化的抢救离不开大众的关切。郑一民又提出一个很好的契机。早一段时间，他就告我，河北武强一户农民的房顶上秘藏着一批珍贵的古画版，但其情不详。此后经他深入调查已经弄清，这户人家在旧城村，姓贾，世代制作年画。"文革"间这一带很多村庄都在焚烧画版。贾家担心自己家藏的古版被毁，悄悄藏于屋顶，才躲过浩劫。现在他家已无人印制年画，愿意将这些古画版捐献出来。但画版藏在屋顶的夹层里，其数量与年代谁也不知。于是我们一边组织这次屋顶藏版的发掘和现场的鉴定，一边还要筹集费用，其中包括挑开人家的屋顶要付给补偿费。那时文化部从财政部申请下来的经费数目相当大，却一分钱也没给民协，社科基金那点钱哪敢用？郑一民就到处叩头请求支持。一天，天津杨柳青的年画艺人霍庆有告诉我，听说武强那边有个人家屋顶藏着不少老版，经问方知他是从一个古董贩子那里听到的。我知道这事已经泄露出去，夜长梦多，应该立即行动进行发掘。

在文化抢救这事上，我们的"命"一直不好。那天中国民协带着几十家媒体从北京赶到武强。媒体需要这样的奇闻猛料，我们则需要媒体将"年画古版之珍奇"散布到千家万户。可是刚刚从旅店出发就遇上滂沱大雨，伴着冷风，走起来相当吃力，中途不好中止，我们冒雨前行。在路上我乘坐的吉普陷入田野的泥洼里，武强县的人送来的胶靴太小，我的脚大，穿46号的鞋，有人出主意，在我的鞋外边套上塑料袋，便在风雨中一脚深一脚浅来到旧城村。到了这户贾氏农人家中，看到他家祖辈与画业相关的一些遗物与文献，还看到那些古版就藏在屋顶残破的苇席与檩木中间。此时虽然浑身湿淋淋，心头却充满了一种喜悦以及神奇感。待将这些古版发掘出来，虽然数量不小，可惜由于历时太久，大半腐朽，保存尚好的不多。然而，有些古版的画面却从未见过。比如《三鱼争月》和《合家出行图》等都应该是武强年画中前所未见的孤品。事后我将此次发掘的经过、古版的鉴定结果、与贾氏家族的交谈内容，以及对其古版画面的解读，都记在一本小书《武强秘藏古画版发掘记》中。我想给后人进一步研究留下第一手的资料。

那天工作完成，从村里走出来，雨已停了。我的脚套着塑料袋，浑身泥水，走起来样子很是狼狈。一群随我而来的年轻人也都如此。大家自称是丐帮，并说我是丐帮头子。大家说说笑笑，心里却很得意。这究竟是前人没经过的事，是一次文化的奇遇。可是夜里乘车返回天津却遭遇更为疯狂的狂风大雨，偏偏车到沧州又熄了火。我们下车一起推，浑身淋得像落汤鸡，怎么也推不动，只好用电话与天津联系，等到救援的车子到来时已近凌晨。

这次年画抢救如愿地引来了社会的普遍关注，我们便乘势而下。

在民协主席团分工中，我除去主持全面的普查和整理工作，其中一个专项是由我负责——年画普查。这由于我对年画熟悉也喜欢，而且我把年文化在民间文化中的位置看得特别重。可是真的干起来就很繁重了。数十个年画产地遍布全国，我要组织各地民协和相关专家，完成所有的活态尚存的年画产地的普查与档案编制的工作。在调查中，令我兴奋的是发现两个纸马产地——河北内丘与云南大理。那里的纸马不仅内涵深厚，画风古朴，版味十足，而且依然被人们应用着。我跑到这两个产地去组织普查，没想到收效甚大。比如过去人们只知道大理有纸马，但其情不详。这种根植于白族本土文化中的版画，历史遥不可知，形象怪诞又奇异，然数量很有限，不过五六十种。这次我们把普查的大网撒向云南全省，竟然发现了六七百种。再往深处进行调研，所获深层资料之丰富与厚重更是令人振奋。普查的结果鼓舞了普查的信心。陆陆续续，就有二十多个年画产地列入了我们全国性的普查项目。

在全国普查全面铺开后，我还必须不停地在各处跑。到处宣传我们的思想与理念，说服地方领导支持，我们从上边得不到支持，只有请求地方政府帮助，同时还要给各地的民协鼓劲与"支招"。这种事过去谁也没做过，需要思想，也需要工作的思路、方法与不

* 在隆中花瑶的山寨考察时，给"文革"期间保护村中古树的老人
  点烟，表达敬意
* 内蒙和林贝尔的剪纸娘子康枝儿用乌鸦般的大剪子，剪出的剪纸
  既粗砺又浪漫

遗余力。有时我们也苦无办法。比如黔东南苗寨侗寨中村民愈来愈多地到江浙一带打工，开始与自己民族的传统脱离。比如从闽西到赣南数万座土楼，正在被人们遗弃而成为废屋，每年都有一批形制优美的土楼自己塌掉了；比如建阳版的故乡四堡，家家户户院里还扔着一个贮墨池，整个村子已见不到一块印版。我到厦门古玩市场去调查，人说那些顶级的建阳古版早都给日本人和韩国人买走了。再比如瑶族那种庄重、古朴又神奇的盘王图，大多给捷足先登的欧洲人弄走了。为什么在认识我们的文化上，外国人总比我们快上半拍？更重要的是，谁来收拾这个历史的残局？那时政府正忙着卖地，全社会都正忙着找财路。我们的工作是非常弱势的。我们只有一边跑到县里乡里村里像武训办学那样苦口婆心开导地方的领导，一边呼唤起全社会的文化自觉，一边呼唤知识界的同仁们关注田野，走进田野。当然，这很难，我们的努力收获甚微。

一次央视主持人王志约我去他的节目《面对面》交谈。我说我们孤立无援。他说跟你们干有什么好处？我说没有好处。他突然质问我一句：没好处，谁跟你干？

这话问得真好，把整个社会文化的尴尬全问出来了。

这事怨谁？是贫穷还是整个社会的功利主义把我们的文化推向

绝境？

如果一个民族的文化处于弱势，它的精神会是强势的吗？

我的另一个工作手段是我擅长的——写文章，不断地把这些发现、遭遇、感知与思考，写成文章。有的是写给学界看的，比如《文化责任感》《到民间去！》《思想与行动》《理论要支持田野》等等；有的写给社会公众的，比如《节日不是假日》《谁消解了我们的文化？》《弱势文化怎么办？》《当代大众的文化菜单》《神州遍地小洋楼》《文化的粗鄙化》《谁救四堡？》等等；有的写给我的文学读者的，如《土楼的活法》《南乡三十六村》《佯家·反排·郎德》《长春萨满闻见记》等等。写给文学读者的都是情感化的散文，这缘于《收获》的主编李小林。一次她打电话给我，约我在《收获》开辟专栏，写一写我在各地普查时的所见所闻所思所想。那时心里确实堆积着从大地深处获得的太多太多的缤纷的感受，因应了小林。这便从此有了我个人的一个散文品种——田野散文。以致后来还将这些散文集成了两本书《民间灵气》和《乡土精神》。李小林是我的文学知己，她是不是担心那时的我从此要诀别文学，才叫我别放下笔？反正有了这田野散文，文学便一直与我相伴，与我不离不弃。反过来，写这些散文也会激起一些我的文学读者的文化情怀。

2003年到2004年这两年里，我相当一部分精力还是用在与领导及其部门协调之间，我依然锲而不舍地为抢救工程力争得到官方的支持，但没有任何结果。那时，我确实不懂官员为什么总要把该做的事情与他们的政绩挂钩，只要与政绩无关，他们没有兴趣。有时我自以为能说服他们，其实我的道理却常常只是感动了自己而已。我是在欺骗自己。因此，事情仍然在那里原地踏步。

那时我每到一处，当地民协都向我要两样东西：红头文件和经费。地方民协没有来自中央部门的"红头文件"，地方政府就不认账，但谁给抢救工程发文件？文化部已将"抢救"二字换成"保护"，财政的经费与我们无关了，我向谁要钱？没有钱我们有时真的寸步难行。一次我们的普查人员在甘肃发现一个老太太唱的民歌"花儿"极其珍罕。我们的普查人员想录制下来，但没有录像机，就回到北京设法弄到一台摄像机。申请报上去几个月才弄到手，赶到甘肃，只见到那老太太的女儿。她说老太太上个月已去世，临死前还说："他们怎么还不来呵！"老太太也知道自己口中的古歌已是绝唱。

如果当时我们得到一些支持，真可以抢救下许多珍贵的东西，但是我们得不到，眼睁睁看着它们消失在眼前。偏偏我们又不甘心。记得一次我演讲的题目是《我们背上的压力太大了》，我说："我特别欣赏承担二字，这两个字不仅是一种承诺，也必须是一种付出。"但是面对中华大地上的文化，我们的这种纯精神的付出能解决多少实际问题？如果你只是喊一喊并不太难，只要有点勇气就够了。如果你要行动，便会陷入泥淖，艰难跋涉，甚至寸步难行。

我心里会永远记着那个时代做文化抢救的志愿者的身影。他们有些可能至今还是默默无闻。他们一无所求，却把自己的一切给了他们至诚敬畏的文化。比如卖掉家产买了一条船在长江漂泊了二十年，为了记录下这条民族的母亲河在淹没之前最后的壮美的遗容的摄影家郑云峰；背着一个书包，里边装着笔记本、钢笔、拍摄胶卷和药瓶，独身在草原上行走了几万里，记录蒙古族民居和民俗的郭雨桥；把半辈子生命都放在湘中大山里和花瑶村寨中的老后；直到今天还坚守在东北"民间大地"上的曹保明……我曾写过一篇文章叫作《沉默的脊梁》。我称他们是民族文化的脊梁。真正的脊梁是沉默的，他们一声不出，但承担着这个时代最沉重的压力。

　　记得一次山东几位志愿者要帮助我们去四川北部考察，那里天远地荒，易生意外，他们就聚在一起，立了一份"军令状"。说他们自愿和自费做这件事，"如出意外，包括身体和生命，自己负责"。据说他们总共七人，各自都先把"军令状"拿回家，征得家人同意。最后六个人得到家人支持。他们便拿来给我看，叫我同意他们去考察。

　　这样挚爱自己民族文化的人，不叫你永生难忘吗？

　　我能够把这件如此巨大又艰难的事坚持下来，一个重要的原因就是我身边有一些这样纯粹的人。

　　这年冬天，我跑到山东潍坊去开年画的推动会。潍坊的年画抢救一直跑在前边，普查做得差不多了。我想帮助他们将《中国木版年画集成·潍坊卷》做成"示范卷"，用来带动各地的年画普查。但是要做好这事，最大的困难是没有出版经费。从北京赶来的西苑出版社社长杨宪金表示他来承担。他是我的老友，理解我，此时出手相援如同雪中送炭，使我很感动。他还对我说："你们年画集成出版的事就全包给我吧，我来想办法。"这话叫我听了浑身发烫。散了会，我们一起乘车从潍坊出来，跑到津京交口处我要下高速

　了，他还要接着跑，连夜赶回北京。分手之时我俩紧紧拥抱，表达一种知己般的情感。那时像他这样肯帮助我们的人，真是稀缺！

　　但回到家晚饭后，我接到一个电话，是杨宪金打来的，他说刚接到上级组织的通知，要将他调离出版社，另有安排。这完全是突然发生和意料之外的事。他的声音充满悲哀，还有对我的歉意。

　　一盆冷水从头浇下。希望之光竟然只在我面前闪了一下，跟着灭掉，一片漆黑。我撂下电话后出声骂了一句：谁他妈和我开这种恶毒的玩笑？

　　后来有人问我既然这么难为什么不放弃？我说如果放弃，这个时候就该放弃了。我当时真有点走投无路了。

四、文化自救

一次，讲到抢救工程面对的四个最难应对的困难时，我说：

一是生活瞬息万变。有时你发现一种美好的文化身处濒危，可是没等你去抢救，它就已经消失了。二是零经费。我们一直没得到政府分文的支持。三是极度缺少专家。日本每一项文化遗产背后都有一群专家，我们百分之七八十的文化遗产背后没有专家。四是社会支援乏力。我们从社会得到的只有同情的声音，没有支持的行动。讲到这里，有人问我哪一个最困难，我说四个困难死死缠在一起。

"你有什么办法破局？"这人接着问。

我想说，"比较现实的一个突破口，是获得政府经费的支持。"但我一筹莫展。

2004年在杭州召开全国抢救工程普查工作交流会时，经费仍是实实在在的一大障碍。上海民协的一位秘书长对我说："你为什么不成立一个基金会？会有很多人支持你。"这句话就像上帝拍了一下我的脑门，灵光一现。

那时，国家刚刚允许个人成立基金会（当时叫作私募基金）。基金会不是一个可以争取支援的利器吗？虽然它需要一笔起码一百万元的原始基金，可是我有我的法宝——卖画！我曾经一次次靠着卖画完成了自己的愿望。穷则思变，这法子为什么不试一试？总比坐等政府的恩赐强。我连财政部都跑过好几趟了，一次还见过一位据说嗜书如命的副部长。与他见面那天，我刚进了财政部大门，却听说这位副部长接到紧急开会的通知，已经坐进汽车里了。他请我钻进他的车认识一下，谈几句。他的车里确实堆满书：史学、哲学，也有文学书；连学者的车也从未见过这么多书，我以为见到知己了。他肯定能理解我，给我们的行动以支持。谁知在那短暂的接触中，他除去客客气气地说些貌似懂文化的漂亮话，事后却无"滴水之恩"。看来我只能依靠自己。最可靠的还是自己。于是，我以这笔原始基金的数额为目标，开始画画。我要准备一批画，很繁重，但我对它的需要过于焦渴，便利用一切可以使用的时间去画。由于用过了劲儿，一度右腕肿起一个杏核大小的硬疙瘩，医生说是腱鞘炎，笑对我说："还没听说画画能画出腱鞘炎呢。"

我写过一篇文章《苦乐参半的画集》，描述为成立基金会而作画的想法与心情，我说这次——

所有画作，将在一次公益画展中全部义卖，以支持正在进行的举步维艰的民间文化抢救事业。

近两年，为了这一神圣的文化使命，我几乎放弃了小说与绘画的创作。每当看到文友与画友们新作问世，心中的矛盾与苦涩，唯有自知。当然，这是一种心甘情愿的自我抑制。面对民间文化身处全球化的泯灭与追杀中，只能先吹灭一己的艺术欲望。

然而，当纵入田野后才发现我们身陷孤立。一边是整个民间文化支离飘零，承继无人，等待着终结。我们几乎可以听到它们奄奄一息时沙哑而无力的呼救！它是我们民族精神情感的根基，又是传承了数千年文明的遗产！怎么办？

而另一边，我们三军在外，手无粮草。面对着如是困境，许多学者与文化工作者却从来没有迟疑与放弃过。他们深知这是自己的责任，不少人慨然用个人有限的钱财来支撑这一时代的重负。我钦佩这些文化人的品格。他们给我以鼓舞，叫我于迷惘中看到希望之光。一个民族文化的真正希望,最终是看有没有将它视为神明和一如自己生命的人。

为了支持我的同道,以及我们共同的使命,我决定贡献我的绘画。这也是一介书生唯一能做的事。

在接下来的日子里,我又打开自己的书画世界。白日忙碌各种事务,晚间进入画室,平心定神,挥笔作画。此时距离自己上世纪九十年代的那个丹青时代又有十年相隔,而且两次画画的内因不同。九十年代是心灵驱使,这一次是处境所逼。谁料得,这不得已之所为,竟使自己再次进入久违的艺术创造中。

一笔色彩是一道霞光,一抹水墨是一片夜的浓雾。此刻,一张张纸面上的纤维全是超敏感的神经;笔锋可以神奇地开口说话;或清灵的快语,或深切的倾诉,或绵长的叨念,或爽直的道白。以我的经验,当手中的笔不再是一种制作工具,而是心灵的器具时,我便进入最佳的创作境界。

我奇怪自己在那么忙碌与纷扰的现实里,怎么会如此容易就进入这种出世一般的境界？这不是来自许久以来艰难的时世对自己艺术天性的压抑么？我忽然想到自己说过的一句话：艺术的原动力来自内心深重的压抑与承受。那半年多时间，尤其是整个夏天，挥汗如雨，常常画到夜深人静，已然不知是苦是乐。待画过这些画，才感到这些年种种经受与磨砺都已经融入笔墨中了。然而，想到将要在画展上卖掉这些心爱的近作时，心里又生出依依不舍。这毕竟是我近些年来一次难得的艺术创作。这些画与我共度一段难忘的时光，但是它们终要离我纷纷而去？

绘画与文学不同。写过的文字会矢志不渝守着你，绘画总会离你而去，可能一别之后永世不得再见。看来精神的事物，比物质的事物留得长久。

但是，我必须要正视现实。我不能太自我，必须回到这次创作的缘起与原点——民间文化在向我们紧急呼救。这时，我感到这次卖画有如卖血。但如果我们的血是热的，坚信一定会得到回报。这回报应是日渐荒芜的田野重新开出花朵吧？哪怕是一朵、两朵、几朵。何况，在这次公益画展中，还可能遇到真正的支持者与文化上的知己呢。

* 在南京公益画展上卖掉了我当年的力作《心中十二
  月》，一组十四幅画
* 这些心爱的画全卖了，一时我有家徒四壁之感

我的预感没有错，第一次义卖画展在天津文联二楼的展览厅，来参观的人黑压压挤满展厅，虽然只展一天，竟卖出去大半，我相信不少人是用买画作为对我的支持。在天津我有很多"陌生的朋友"——读者。

天津这次画展上我义卖了十八幅，得款八十二万元。这笔款与原始基金还有一些差距，需要再办一次义卖画展。我知道北京的中国现代文学馆有个小巧又精致的展厅，就与舒乙说好，请他支持，一周后便转战于北京。我这么做，不仅为了筹资，还因为我看到这种义卖对我们的抢救工程是一种悲情式的呼吁，能够获得更多人对文化命运的关注。我想得不错，在展览中，现代文学馆来了很多记者，他们最关心的是我为什么这么做？我们的境遇？我们将怎么办？我这些回答后来成为我一次演讲的题目：我们不怕困难。

在北京的义卖画展上，为了保证达到目标，我特意增添两件自己的心爱之作，也是自藏多年的精品，画幅比较大，六尺对开。一幅是《高江急峡》，一幅是《树之光》。这次标价较高，每幅十二万元。没想到展览还没开幕，已经有人把画买走了。我高兴又心疼。高兴是画卖出去了，心疼是这两幅画今后再也看不到了。我后来在一篇文章中写道：

　　记得，当时一位好友却对我说，"你不该把这两幅画卖掉！"我承认，这句话加重了我心里的矛盾。因为我的画一如文章，无法重复，也不能重复。这两幅画我尤其心爱。前一幅画作画时激情飞扬，溅得满身水墨，后一幅画光线之强烈竟使我自己愕然。在这两幅画卖掉之后我心想，这样的义卖只做这一次了吧。

当然，这一来，我的原始基金一下子就达到了，基金会成立了。

　　更意外欢喜的是，我的一位真正的读者、台湾电影演员赵文瑄听说我为抢救文化遗产卖画，受到感动，跑到现代文学馆来对我说："你感动了我那么多次，我也感动你一次吧。"当即捐了一百万元。基金会就这么有声有色地开始了。

　　可是接下来，基金会并不如前所愿，并没有多少人真正帮助我。理想主义者总是要遭遇"生活的嘲笑"。这因为，我们常常一厢情愿地活在自己的世界里，忘了自己身在一个功利主义无所不在的市场时代。这个时代还有多少精神的纯粹？可是我偏偏要为精神为理想的纯粹而战，因此我们常常会被碰得头破血流。我们注定自讨苦吃，直至"灭亡"。偶尔我也会悲观，但悲观不会在我心里留下阴影。

因为我的心能够发光。

基金会有了钱，开始可以做些事了。我支持了《云南甲马卷》的出版，为我邀请的学者余未人主编的贵州省少数民族的艺术档案《中国民间美术遗产普查集成·贵州卷》提供印制费，与中国民协合作举行"民间文化守望者"的评选与颁奖，支持那些默默无闻、几乎终生在田野做抢救工作的学者和艺术家郑云峰、李玉祥、郭雨桥、黄永松、燕宝等等，他们都是我敬重的人。可是基金只出不进，不能持久。事过两年，我又必须卖画了，而且又要拿出我一批心爱之作。我常常想，到底是现实逼我，还是我自己逼着自己的？这次义卖我换了地方，去到相对富有的江南，分别在南京工艺美术博物馆和那座贝聿铭先生设计的典雅又现代的苏州博物馆举行。这一次留下印象最深刻的是两件事。一是我的知己好友王立平和韩美林到场并发表了充满情感的讲话，使我热泪盈眶。精神的事还是需要精神的支持。为此，文人最重知音。

另一件事是卖掉了我此生再难重复的一套组画《心中十二月》，一岁十二月，每月一景，凡十二幅。这一组卖掉后，我一直想再画这样一组补偿自己，但后来怎么也找不到当年画这组画时的感觉了。

义卖结束时我站在空无一人的展厅中央，请摄影师给我拍一张照片。我知道要与自己这些深爱的作品诀别了。然而，事后我却写道："墙上的画全叫人摘走了，四壁皆空了。但我喜欢这种悲壮感，一种为自己心爱的事物做出牺牲时的感受。"

曾有记者问我："你靠自己卖画能救得了中国的文化遗产吗？"

我说："个人怎么能救一个民族的文化？"

记者说："你这不是精卫填海吗？"

我回应道："精卫填不了海。但精卫是一种精神。"

其实，我这样做，不过是给自己鼓气、壮胆、提神而已。可是谁也不知道我内心深处的无奈、茫然与孤独，还有苍凉！

然而，我不抱怨，不应该抱怨，因为这是我的选择，也是我的性格。罗曼·罗兰告诉我：

"如果你喜欢保持你的性格，那么你就无权拒绝你的际遇。"
这句话不止一次帮助过我。

新世纪初来到我生命中的那件大事——建立冯骥才文学艺术研究院，到了2005年成了现实。一座近七千平方米、充满现代精神的大楼在天大校园的青年湖畔竖立了起来。它叫我情绪昂然。从此，我进入了大学，大学也进入了我。

5月17日我的十六卷本《冯骥才分类文集》由中州古籍出版社出版并首发。转过两天，就举行学院大楼的落成仪式。各界朋友由各地跑来祝贺，坐满学院大楼对面的广场。那天在致欢迎词中，即兴说出很多有意味的话来，比如：

在经济和科学主宰生活的时代，应该给人文以更多的空间；在物质化的时代，应该更注重和关切具有精神价值的事物。

天津大学不是像现在大学流行的那样，把文化名人当作一种符号和幌子，而是看重人文教育的必要，看到人与社会的全面发展的必不可少。眼前这座实实在在的文化设施便是明证。

国务院要求加强文化遗产保护

确定文化遗产日

中央政府门户网站 www.gov.cn 2006年02月09日 来源：新华社

国务院发出通知要求进一步加强文化遗产保护
决定从2006年起每年六月第二个星期六为我国"文化遗产日"

人民网
今日 16版（华东、华南地区 20版） 国内统一连续出版物号 CN 11-0065
网址：http://www. people. com. cn 第 21033 期（代号 1-1）
手机：http://wap. people. com. cn 人民日报社出版

2006 年 2 月
9
星期四

国务院发出通知
要求进一步加强文化遗产保护

新华社北京 2 月 8 日电 国务院最近下发《关于加强文化遗产保护工作的通知》（以下简称《通知》），要求进一步
加强文化遗产保护，决定从 2006 年起，每年 6 月的第二个星期六为我国的"文化遗产日"。

《通知》说，文化遗产包括物质文化遗产和非物质文化遗产。物质文化遗产是具有历史、艺术和科学价值的文物，
包括古遗址、古墓群、古建筑、石窟寺、石刻、壁画、近代现代重要史迹及代表性建筑等不可移动文物，历史上各时代
的重要实物、艺术品、文献、手稿、图书资料等可移动文物；以及在建筑式样、分布均匀或与环境景色结合方面具有突
出普遍价值的历史文化名城（街区、村镇）。非物质文化遗产是指各种以非物质形态存在的与群众生活密切相关、世代
相承的传统文化表现形式，包括口头传统、传统表演艺术、民俗活动和礼仪与节庆、有关自然界和宇宙的民间传统知识
和实践、传统手工艺技能等以及与上述传统文化表现形式相关的文化空间。

《通知》指出，要充分认识保护文化遗产的重要性和紧迫性。我国文化遗产蕴含着中华民族特有的精神价值、思维
方式、想象力，体现着中华民族的生命力和创造力，是各民族智慧的结晶，也是全人类文明的瑰宝。保护文化遗产，保
持民族文化的传承，是连结民族情感纽带、增进民族团结和维护国家统一及社会稳定的重要文化基础，也是维护世界文

* 国务院发出通知要求进一步加强文化遗产保护，决定从2006年起，
  每年6月的第二个星期六为我国的文化遗产日

我喜欢做包含未来的事，含有理想主义的事。

从今天起，天大的事对于我，是天大的事。

北洋知我融我，我知北洋，也融于北洋。

我以天大为荣，我还要努力使天大以我为骄傲。

这都不是漂亮话，都是从这些年的精神苦旅中升华出来的，而且我还要付出实实在在的代价。

当天在我的学院就举办首届北洋艺术节，以一系列艺术展、学术讲座和文化活动，兑现我要把建立在北洋校园腹地的学院作为一个富于魅力的人文磁场的诺言。我请来刘诗昆、韩美林、莫言、余华、范曾、邓友梅、李前宽、姜昆等等青年学子们热爱和关注的艺术家、文学家，以及众多民艺传人，与他们面对面交流。

随后便是接连不断的大型艺术与文化展。《丝绸之路上的敦煌》《拥抱母亲河》《心灵的桥梁》等等；其中影响最大的是《意大利绘画巨匠原作展》，达·芬奇、米开朗琪罗、拉斐尔和提香等文艺复兴时期的原作吸引了十多万人从全国各地朝圣一般地来参观。一个天大的学生在留言簿上写道："将来我会对我的孩子说，第一次看到达·芬奇是在我的校园里。"由此我明白，自己在大学里应该做什么和怎么做——要使年轻人真正地接触到人类文明的经典，开拓他们的精神视野，提升他们的审美的品位。

刚刚进入大楼时，楼内还一无所有，空气中弥漫着呛鼻的水泥气味。一天余秋雨来看我。我的待客室只有友人送来的两个老马槽，我就拆掉马槽一面的侧板，权当座椅，与他坐在上面聊天。记得那天我对他讲了许多我对自己这座学院未来的畅想，他没有更多回应，不知道他是否觉得我是一个空想主义者。

我为学院筹划的第一件事，是请艺术家尔宝瑞为北洋大学的创始人盛宣怀先生塑一尊一比一真人大小的蜡像。盛宣怀是中国大学的开创者。我要以此和北洋的源头气脉相接，并表达我对这座中国历史上第一座大学的敬畏。

当我把小白楼大树画馆内的"文化家当"搬进来，大楼便一点点像样了，特别是将我为它准备已久的大批艺术品一样样移入并优雅地陈设起来后，大楼里便有了我的审美气质。这使我忽然想起1985年在美国爱荷华国际写作中心参观过的里里外外放着数千件当代艺术品的德梅因保险公司。当时，我问公司的总裁："你为什么这么做？"

他反问我："你没注意到我公司的职员有什么不同吗？"

我再去观察他公司里走来走去的职员，发现这公司男男女女的职员们的确有些气质不凡，安静而文雅。我忽然明白了一个道理，总和艺术品在一起的人，气质、谈吐和行为一定会受到影响。美育是心灵的。于是，我决定也这么做，并把"学院博物馆化"作为我建院的一个主张。从此，我只要遇到好的艺术品，价钱还能承受，就想办法买来放在楼里，渐渐多了，还做起一个个专题的博物馆。我对做博物馆有极强的兴趣，由于天生的唯美主义与完美主义，不在乎拿出精力去追求博物馆细节的精当与考究。日久天长，我真的发现我学院教师与职员的气质大多有一种莫名的温和与文静。

渐渐的，我的学院在教研内容上，也与先前的构想大相径庭了。

建院时文学与绘画的创作是我的主业，所以定名为"文学艺术研究院"。到了大楼建成，五年过去，我已经落入文化遗产抢救的漩涡里，天天伸着两手去抓渐行渐远的历史文明，去抓援手，去抓救命的稻草。我缺帮手，缺年轻的学人，面对求学的学子，自然先去招收热爱民间文化的年轻人。所以，我的学院一直没有招绘画

* 2006年第一个文化遗产日，在国家图书馆为中央国家机关的部级领导讲课，题为《文化遗产日的意义》

专业的学生，而把培养研究民间文化新一代年轻专家作为教研的目标。文学也偏向于口述史调查的方向了；而且我有了学院的学术平台之后，就拉过来，作为抢救工程的理论阵地。在学院刚刚建成的几个月，我便召开了一个"民间美术分类的研讨会"。

分类是学科研究的根本，民间美术分类是构筑民艺学的基础。但是我们的民艺学一直缺乏一种通用的规范的分类法，因使这一领域的学术一直处于缭乱与芜杂。

应该说，这绝不仅仅是一个民艺学的问题，在所有民间文化领域中也都缺乏严格的分类学。这是我原先不清楚的。面对着当时大规模民间文化的田野调查与案头整理，没有清晰而科学的分类法，工作难以有序地进行。建立民间美术的分类法，既是学术的，更是工具性的，应用的，紧迫的。

我请来当时民间美术研究领域重要的专家张道一、曹振峰、左汉中等一起讨论和研究。虽然不可能一下子建立起生物学和化学那样的分类法，但通过对于现行的各行其是的分类方法做了一次空前和切实的理论思辨与梳理之后，我们从中摸索出一种较为合理、具有应用意义的分类法。即从张道一先生的"二法"入手，进而多级分类的方法。这无疑对我们的田野工作是一种有力的支持。

这也符合我提出"理论支持田野"的主张。

大学的工作肯定要分掉我一块不小的"生命蛋糕"，教研、学术、硬件建设、校园文化等等，全都很具体，全有很高的要求。单说学术会议，每一次都要有一个独立的、富于价值的主题。比如为了深究大学人文精神而召开的国际论坛"教育的灵魂"，比如为了探讨中俄文学交流史而召开的中俄文化论坛"心灵的桥梁"，比如为了总结普查经验和建设田野工作理论而召开的中日韩学术研讨"田野的经验"等等，都要用去很多时间与精力，也带来深广的思考。我正是在这样愈来愈宽阔的背景下，由不自觉而自觉地，使自己渐渐从一个单纯的作家和艺术家向着知识分子转化。

成为知识分子是需要思想的自觉与职责的自觉。我对知识分子的本质曾做这样的表述：

知识分子最重要的特性是三个。第一，是独立立场。他必须保持独立的思考与判断，不会盲从，也不会轻易放弃自己的立场。第二，是逆向思维。顺向思维没价值。逆向思维才会提供思辨，才能辩证。第三，知识分子一定是前瞻性的。不会只看现实功利。既要站在现在看明天，还要站在明天看现在。用未来价值校正现实。

这样，我就渐渐自觉地从更宽广的思想视野和国际视野来思考文化遗产的当代遭遇这些深层的问题了，进而追究本质与寻求科学的应对办法。比如2004年和2005年两会我先后向国家提交《关于确立"中国文化遗产日"的提案》，2005年4月得到国务院接受，决定自2006年起，每年6月的第二个星期六为国家文化遗产日。欧洲人的文化遗产日是在9月份，我建议改为6月份。我给出的理由一是中国人喜欢把一件关乎全年的工作放在上半年，二是6月上旬这个时间与端午节时间相近，可以相互"借力"。关于建立国家文化遗产日我提出的理由是"不仅能激发人们的文化自尊，增强民族、国家和乡土的情感与凝聚力，也促使人们爱惜自己的文化遗产，以保持人类精神的多样。只有全民都热爱自己的文化，这些珍贵的遗产才会得以久存，并永放光芒"。

为了迎接第一个文化遗产日——2006年6月10日，我于6月4日在国家图书馆为"国务院省部级干部文化学习班"做了题目为《文化遗产日的意义》的演讲，全面阐述了"人类文化遗产观是怎么形成的""中国文化遗产的特殊困境""主要问题及应对方略"这三个重要问题。显然这时，我已经从人类文明高度、民族文化命运、国民精神与文化的尊严这些层面来思考文化遗产的价值和保护理念了。那时提出的许多思考(如建立国家文化遗产保护体系，古村落保护，少数民族文化保护，传承人保护等方面)，不仅此后被我不断加深，还成为我行动与实践的目标。

在这次面对国家高层管理的演讲，我特别强调的是：

知识界和文化界所进行的文化普查，并不只是一种学术行动，一种出自对学术对象濒危处境的关切；而是源自全球化时代，对民族身份、精神传统、核心价值和自身文化命运的深层的思考而使然。这是一种时代性的自觉的文化行动，是直接实践思想的行动。不少文化界的知识分子离开书斋，奔往田野，为文化的存亡而奉献。在商品化的沙尘暴弥漫着中国人的精神天地之时，这些知识分子显现出一种难得的灵魂的纯净。一种舍我其谁的高贵的责任感。然而，对文化遗产的珍视与保护不能只是少数专家学者和政府的事，主要是民众的事。民众是文化创造者，是文化的主人。如果民众不珍视、不爱惜、不保护、不传承自己的文化，文化最终还是要中断与消亡。

从这些话，可以看出我那时与时代问题的纠结多么密切！

可能出自作家的立场，我最关切的还是实实在在的民众，就像上世纪九十年代我在抢救天津的老城老街时，我很在乎百姓的想法与感受，他们的文化觉悟与文化情感。2005年9月我去后沟村参加那里一个山村文化节，后沟村是我们最早进行采样调查的地方，也是抢救工程的原点，因而分外受到社会各界的关注。政府也下了力气，房舍修缮得当，较好地保持原有的生态，虽然那时并没开展旅游，却招来不少人过来游赏。村民多些收入，都挺高兴。那天活动结束从村里出来，几个村里大妈跑上来，往我衣兜里塞大枣。当地县里的一位干部说："瞧，老百姓拿你们当'八路'了。"我心里挺高兴，是因为我从中感受到老百姓已经爱自己的村子，以自己的村子为自豪了。

那一年我六十三岁，身体不错，精力旺盛，我的文化遗产抢救和学院建设与教研这两件工作，不仅都是高强度，千头万绪，而且是相互交叉和纠缠一起。但我能够胜任。我感觉自己的身体挺有劲儿。我跑了江西、山东、河北、山西、浙江、安徽等等不少地方。我想这劲儿一半还是从"文化自救"得来的，心里边似乎有底了，这个底其实还是一种精神。我为精神而工作，我靠精神而活着。我相信精神的力量还得从自己身上汲取。

五、大山狭缝里的生活

2006年是文化遗产抢救和保护重要的一年。尽管各种问题依然纠结，却渐渐从中看到一种积极的状况，如同光明一般出现。这就是国家作为保护力量的主体逐渐鲜明，国家的作用彰显出来了。我们很高兴，当时我讲过一句话：国家的文化自觉清晰起来了，于是一个崭新概念也就愈来愈突出——非遗。

非遗，其实不是学界的概念，而是政府使用的概念。学界原本不用"非遗"，而是用"民间文化遗产"。民间文化是相对于精英文化的，非物质文化遗产是为了区别物质文化遗产的。在联合国有关人类文化遗产保护的公约中，先有物质性的《保护世界文化与自然遗产公约》（1972年），而后才有非物质性的《保护非物质文化遗产公约》（2003年）。政府对这个概念的重视最重要，因为遗产由政府掌握，政府有权力，具有决定意义的事要靠政府来做。国家对遗产的重视，体现了国家对文化认识的自觉与高度，有助于推动整个社会文明的进步。遗产本身也有了保障。

我国政府部门最初由于与学界合作，采用了学界的"民间文化遗产"的概念；后来，政府使用起非遗概念，表明政府主体意识明确了。

保护主体得力了，各界便踊跃投入。学界为了协同政府工作，也跟着使用了"非遗"的概念。非遗开始成了社会的热词。于是全社会的保护体系渐渐有了一个雏形。这个体系包括理论保护、法律保护、名录保护、传承人保护、主题日保护、博物馆保护、档案保护等等。

理论保护是指非遗理论的兴起。到了2006年已有向云驹、苑利的非遗学的专著面世。非遗及其保护理论的学科化，是学界重要的贡献。同时，人大法制委员会积极推动《非遗法》的制定，努力为非遗保护建立法律依据。这一年，国务院发布了《关于加强非物质文化遗产保护的通知》和"第一批国家非物质文化遗产名录"（凡518项），应是国家对非遗保护的重要举措。它表明重要的民间文化遗产已进入国家文化财富与保护范畴，而且每一项文化遗产都确定了一位领军式代表性的传承人，这就使得非遗的活态传承得到基本保证。

主题日保护是指国家文化遗产日的设立。博物馆保护是指一些重要的文化遗产已开始建立博物馆，收藏和保存物质性文献与历史实物。档案保护是为文化遗产建立科学和立体的档案。在这些方面，虽然刚刚起步，但是如果真能样样做好，我们珍贵的遗产不就可以安然地得以保障了吗？于是，在这方方面面，我们都着力地参与了进来。要忙的事情愈来愈多。

国家非遗名录设立时，文化部聘请我去做专家委员会主任。这件事于我个人，还有一种很特殊的意义，便是"如释重负"。在抢救工程最初启动时，民协的计划过大。我曾信誓旦旦地说我们要将中华大地上的一切民间文化"盘清家底"和"一网打尽"。但真的做起来，我发现这件事根本不可能做到。不仅它浩无际涯，遍及大地，庞大得难以想象，而且我们不名一文，又无权力，一群书生，何以为之？那时我觉得我们像堂·吉诃德在和巨大的风车作战。但是说过的话是收不回来的，它一直压在我的心上。我不能说了不算。我心中常常感到羞愧。一次在湖南一位记者问我："你说你们要用十年的普查，把全国的民间文化遗产一网打尽，你们真能做到吗？现在做得怎样了？"我当时被问住了，不敢再说能，我的脸发烧。我觉得自己当初太冒失和无知，如同在大庭广众中吹了牛，该怎么办？现在国家这个名录做起来就不同了，而且这个名录规定是

* 我喜欢这样走村串乡

四级——国家、省、市、县。如果把每个县的民间文化遗产全都调查清楚，中华大地的民间文化家底不就彻底盘清了？问题不就解决了？为此，我们决定各省和市县的民协全都积极地配合与支持地方政府申遗，做好遗产的普查、甄别、认定、整理和申报材料的编制工作。把我们原来想做而做不了的，放在这里做。民协有专家，政府有经费，我们要做事，政府要政绩，这不正好一拍即合吗？不正好实现了我们的文化愿望吗？

这样一来，我们就腾出手来，把民协的工作重点放在文化大局中更重要的一些事情上来。

于是，一个长久没敢去动的重大的话题——古村落保护，现在被我们拿了出来。

早在后沟村时，我们就想过村落保护怎么办？尽管后沟村之美，一如桃花源，我却看到它的衰老与脆弱。它绝对经不起现代文明的风暴。虽然当时的风暴还在城市里，但一阵阵风已经吹进幽静的山谷。古村落面临两个问题：一个是大量民间文化遗产有滋有味地活在村落中，如果村落散了，文化即刻消失，我们这些年失去那么多村落，许多优美的文化不都无迹可寻了吗？再一个是这些悠久的蕴藉深厚的老村子，这些农耕文明的经典，如何能整体地留给后人。二十一世纪初这样的村子还有一些相当完好，由于交通不便，它们深藏不露，养在深闺无人识。有些村子称得上农耕史的活化石。但是道路一通，很快就变，就像木乃伊遇到了空气。怎么办？

我知道村落相当复杂，绝对不是我们可以发动抢救和保护的。首先它不是一项独立的遗产，而是一个个生产和生活的社区，它由最基层的村一级的政府管理。在文化上，每一个村落又是一个复杂又独特的综合体。我国是幅员辽阔的大国，历史悠久，山水不同，民族众多，文化多样，村落保护的标准是什么？我们到底有多少古村落，现状如何，没人说得明白。可是如果放在那里任其兴衰，很多极具价值的古村落便会悄然作古，众多文化遗产亦随之灰飞烟灭。然而这样一个巨大的举国的远远超出文化范畴的事情，只有国家下决心来做，只有进入国家的方略才有希望。怎样才能进入国家的方略？

我当时想出的办法是，先把"保护古村落"的声音喊出来，制造舆论，就像我们在非遗抢救时所做的那样。为此我们先后召开两个论坛。一个乡长论坛，在江西的婺源召开，一个县长论坛，在浙江的西塘召开。先听听村落的主人怎么说。

西塘是著名的江南六镇之一，是最早有保护意识的古村落。我欣赏他们的理念——"活着的千年古镇"。不像乌镇，把原住民大半都动迁出去，白天游客如织，晚间如同"鬼城"，只剩下一个历史躯壳。而西塘的原住民没有动。他们不仅重视古镇的生活硬件的改善，把镇里的电网与水网(上下水)全解决了，而且埋在镇里老石板的下边；更关键的是他们留住了古镇美好的物态人情。我举过两个自己亲历的例子：

一天我和西塘的沈国强书记走过一个很窄的巷子时，路边有一个人卖煮毛豆。沈书记顺手抄一把毛豆，说你来尝一尝。我当时就问沈书记，你是不是仗着自己是书记，就随便抓人家的毛豆？沈书记笑了，他说完全不是，这是我们这儿的一种文化。买东西之前你可以尝一尝。这也是此地一种人际关系，一种传统，也是一种独特的民情、民风。

我想到，2003年我住在奥地利萨尔茨堡时，那个地方的风俗就非常有意思，碰到下雨，你可以就近从旅店门前的铁桶里抽拿一把伞撑起来遮雨。雨停了，顺手放在其他店前的雨伞桶里就行了。在浙江的楠溪江那边我还见过一些亭子，柱子上钉着一两个钉子。一问才知那钉子是挂草鞋的。过去，这里的村人打草鞋时往往多打

* 写给古建筑保护专家阮仪三先生的一首词

一些，挂在这柱子上，路人如果鞋子破了，就可以从这里换一双。这些鞋是给路人的，给陌生人的。这种民风民情，亲和、纯朴、温馨。这就是他们的一种无形的文化遗产，一种传统，一种文明。文化遗产不是供人赏玩的，文化遗产是一种美好的历史文明。

再一例子，西塘是注意活态的，以人为本的，注意保持这个地方的历史生态的延续，这是非常难得的。一次在西塘的河边散步。路边一个人家，用一根细木棍支着一扇窗户透气，此时天已经凉了，窗台上摆着一个花盆，屋内的一位老太太想把花盆拿进去。她拿起花盆的时候，花儿上正落着一只蝴蝶，可能睡着了。老太太把花盆拿起来时轻轻地摇了一摇，似乎怕惊吓了这只蝴蝶。蝴蝶飞走了以后，她才把花盆拿进去。当时我特别感动，我觉得西塘把自己生活的诗意也留下来了。西塘能保护到这个地步，我觉得出神入化了。

我举这两个小例子，是想说明，我们保护古村落不仅要保护历史形态，更要注重它的传统、它的民情、它的灵魂。

在西塘会议上我和盘托出自己关于古村落的一些思考，比如古村落必将面临的冲击和如何应对，当时我国村落保护的几种模式，古村落的认定标准，还有保护好古村落必须注意的一些问题等等。这些想法虽然比在婺源的村长论坛所讲的《古村落是中华文化的箱底》进了一步，但从今天的角度看还很肤浅，可是它引起了与会的一些县长的热烈讨论。从大家讨论中我看到古村落保护已经是田野一线至为关切的焦点问题。比如婺源，他们已经完成了该地区一千零六十个村落全面的普查，确定了其中必需力保的二十余个古村。可是如何保护，没有依据，也无可参照，国家尚无说法，谁也不知道古村落保护究竟哪一级政府可以决定。因此，为它发声就是十分必要的了。我在会上的演讲题为《古村落是我们最大的文化遗产》，我说：

　　在所有文化遗产里，古村落是最大的文化遗产。我希望大家有个共识。有位记者问我：能比万里长城还大吗？我说：当然，比万里长城大得多。为什么这么说？它悠久又博大。说它悠久，从河姆渡遗址算到今天，我们有至少七千年的农耕社会，这个历史多悠久？说它博大，我们有五十六个民族，有九百六十万平方公里。我们有多少村落？算算吧，我们有一千五百九十九个县，一万九千个镇，三万多个乡，六十二万个村委会。这是行政村。自然村有多少，二百多万个！长城是一条线，古村落遍布中国。当然，不是所有的村落都是古村落。但谁能说清我们有多少古村落？我们能对这样博大又悠久的历史创造不负责任吗？

我们说它是文化遗产，是因为它不仅是农耕时代一个基本的社会单元。从文化上看，它是一个个巨大的历史文化的容器。不仅有原始规划、建筑群落，以及桥梁、庙宇、祠堂、戏台、有特色的历史民居等等物质的文化遗产。有独有的自然遗产。同时里面还有大量的非物质文化遗产，包括各种信仰，节日，生活民俗、商贸、游艺等等，以及民间文学，神话、故事、谚语、歌谣；以及大量的民间艺术，民间戏剧、音乐、美术、舞蹈、制作工艺等等。当这些民间文化具有鲜明的地域特色或民族特色时，遗产的价值就更为珍贵。

现在，这样一笔巨型的遗产的保护就落在我们一代人的身上了，对于它，我们首先是对它在认识上的自觉，然后是承担。

这些话应该是对政府对国家讲的了。

这次会议，吸引了大量媒体，自然也引起社会各界的关切。央视记者赶到现场，拉着我和西塘沈国强书记在镇中临水的一家阳

* 我在学院的工作室

台上做了关于古村落保护对话的直播。由向云驹起草的《西塘宣言》，经由与县长们及专家学者的共同签署，发表出去，一时产生广泛的社会效应。

但是在这次会议之后，我们没有随即做出进一步行动，我们深知村落非同小可，不敢盲动。然而，此后在为非遗四处奔波时，便更加自觉地把目光投向村落出现的问题上。

比如在浙南庆元一个著名的进士村——大济村里，与村民聊天，我发觉村民不但对自己的村史说不清道不明，也不感兴趣。村民对什么是进士都不知道，哪会对自己的古村感到自豪？这样的情况处处如是。古村落历史与文脉的中断是一个大问题。

比如桂北融水的一座七百年、十分古雅的苗族古寨，为了表示自己进入新农村的行列，竟用彩色油漆把房屋涂抹得花花绿绿。失去了自己的审美传统也是个大问题。

再比如黔东南一个很优美的苗族村子，为了吸引游人，竟然在村子中央盖了一座与自己民族毫不相干的侗族的风雨桥，为了赚钱连自己民族的自尊都置之不顾，这不是一个大问题吗？

这些，我们都紧密地关切着。

　　2007年1月央视《艺术人生》的主持人朱军约我去做节目。节目中朱军对我"突然袭击"。他别开生面地推出一块大木板，上边钉了两排钉子。他把一堆小木牌牌交给我，木牌上边写着的都是我所做的工作和我的职务，作家、画家、文联主席、教授、院长、政协委员、文化遗产抢救、民协主席、小说学会会长等等，然后叫我按照它们在我心中的位置，依次挂在钉子上。记得我挂的第一个牌子是作家，第二个是文化遗产抢救，第三个是学院院长，第四个好像是绘画，后边就不记得了。待我把这些牌子一一挂好，他突然又拿出一块牌子递给我，上边写着"妻子"二字。他叫我也挂上。可是这时板子上的牌子已经挂满，朱军笑着说："妻子放在哪里？没处可放了吧？"我灵机一动，把牌子举到胸前心脏的位置，表示挂在心上。大家全笑了。

　　其实，家人都在我心里，他们与我的工作怎么会有矛盾？爱与爱是互不冲突的。只是我给家人的时间太少太少，给他们的关爱太少太少。1月1日那天，是我和妻子结婚四十周年——红宝石婚。我找了一家饭店，约一些老朋友一起吃饭时拿出一本画集，这画集是"文革"前我和妻子一同从事绘画工作时，她勾绘的一组白描仕女画稿。她腕力好，线条精劲，那时她挺有前途，但"文革"后我全力投入写作，需要她支持，家庭负担又重，她便放弃了绘画。当年她的画作多毁于大地震。这组仕女画稿，应是仅有的劫后残余，我一直珍存着。直到这年红宝石婚，我便瞒着她悄悄编辑成集，范曾看了大加称赞，题了书名《霓裳集——顾同昭白描仕女画稿》。然后送到雅昌印刷厂精印成书。书前我还写了一篇短序：

　　古来图赞淑女者多矣。或颂其节操贞烈，或褒其天资聪慧，品端貌美。若论画艺，唐之周昉张萱已臻极顶。由是而降，明清间仕女画步入鼎盛，蔚为一大画科，各类画谱画稿层出不穷，其中不乏佳作。

　　同昭昔日与吾同窗习画。吾工山水，同昭擅长花鸟人物，曾于三十年前见此古画稿数十帧，皆为散页，既无署名，也无款识，不知出处，却爱其人物姣好灵动，运笔娟秀清劲，遂用心摹之，颇得神髓。立笔竖毫，如锥划沙，驰腕运锋，似风拂水。虽是摹古，亦白描人物之精品。然当年以画为业，未将此摹本视为珍罕。谁想经历"文革"及地震，原件已佚，此摹本竟是劫后仅存，堪为宝也。因之刊印若干，以赠友人，并纪念以往，回味昔时苦乐参半之丹青生涯也。

* 结婚四十年时（2007年），我找出妻子年轻时的白描画稿，悄悄印了一本画集，在纪念日那天送给她，以感谢她为了帮助我而放弃了自己心爱的绘画

为彰显画意，绽露内蕴，尚予每幅画稿配以历代诗词名句。如此文图相映，足以表达对往日心血的爱惜。出版在即，撰此短章，是为记焉。

在那天结婚纪念日的晚宴上我将这本《霓裳集》拿出来，一一送给好友，并有感而发说了这么几句：

"人有两个生命，一是自然的生命，一是人生的生命。前者是个人的，后者往往是两个人一起创造的。但它也有命运与个性，有种种曲折和遭际，种种滋味。如果这命运不错，一定是一个人为另一个人做出了牺牲，你为事业牺牲，她为你做出牺牲。牺牲需要一种巨大的代价，这本《霓裳集》就是明证。"

朋友们都鼓掌，帮我谢谢我的妻子。

在看似堆积如山的事务和四处奔波中，我还是能够这样随性地表达我人生的情感。我想，这可能是我天生身体素质好，精力足，因而能够这样信由一己而为。我在身边的本子上写过这样的话：

我喜欢每一天的三种感觉——

醒来后活力焕发，

白天与各种困难较量，

还有静夜思。

我特别喜欢傅雷称赞丹纳那句话"为思想而活着的人"，这句话几乎成了我一生的座右铭。我又是个性情中人，这可能来自画家的本性，这就使我一边为自己的信念而战，一边又裹挟着一些随心所欲的浪漫。

谢晋曾对我说："你能不能把精力放在一件事情上？你一定会有更大成就。"他的话也许对，我这样在多条战线上同时作战，可能会使我在某一件事情上不能达到极致，但是人生的完美不应该是充分的自我或尽其自我？

因此不管我在文化遗产工作中怎样忙碌与奔波，怎样奋斗与挣扎，我也一直没有完全放下绘画与写作。这里说的写作，还不是那些作为思想武器的文化批评——比如在《文汇报》开辟的专栏"文化诘问"和思想理论集《灵魂不能下跪》——我说的是纯文学写作。不时我会有一些纯文学的散文"蹦出来"，也会有一些心性所致的绘画出现在自己的画案上，但是很少写小说。在文化遗产抢救初期，我的小说创作常常是在长途奔跑的汽车里，比方从天津去山西，总要五六个小时，到郑州就得八个小时了。想要过写小说的瘾，坐在车中，可以从心里把小说掏出来，想一想小说中某个未竟的人物，人物之间的冲突，人物突然的遭遇与命运的转折，还有种种独特的细节。往往忽然冒出来的一个奇妙的细节会叫我兴奋半天，想着想着人物就异常生动地活了起来。可是，有时司机师傅忽说："冯老师，咱们快到了啊。"我这才从一种虚幻的世界里清醒过来，再看看手表，几个小时已经过去，这便把小说收起来。心里所想的东西也就一下子散了。那些奇妙的细节和情节过后也就忘得干干净净。这样的"用心的写作"有点痛苦，因为它什么也留不下来，只是一种自我满足而已。可是，不知道什么原因，2006年后我竟止不住动笔写过三个短篇小说——我已经记不住这是在什么时间里、怎么写出来的了。一个是《上海文学》的社长、好友赵丽宏要我为当年发表在他们刊物上的《高女人和她的矮丈夫》写一个姐妹篇，我兴致忽来，就写了一篇《抬头老婆低头汉》。另两篇一是《胡子》，一是《楼顶上的歌手》。我自己喜欢后两篇挺伤感的小说，都带着一点苦涩的美，可是在读者中反响并不热烈。我有点失

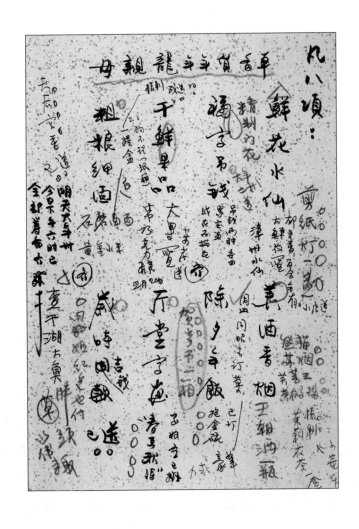

* 年年春节给母亲置办年货的"计划书"

落，却没有更多去想个中的缘故，我没有时间去想文学了。文学在我身上还是一座必需攀登的大山吗？这期间，我得过一些文学奖，甚至都没有时间去领。我曾经得过八个《小说月报》的百花奖，我挺在乎这个单凭读者投票的奖，一度我想争取得到十个百花奖，但现在完全没有这种兴趣了。至于海外对我关于文学的种种邀请，也都被我谢绝了。我更喜欢把出国当作一种纯粹的文化旅行。但是这几年我哪儿也没去。

我现在几乎想不出这几年是怎么生活的。各种事务与工作，各种叫急呼救，各种奋笔疾书，各种横插进来而不能拒绝的事，再加上各种学院的工作，中间只是裹着些许个人的纯文学创作与绘画，家庭琐事和一己的生活情怀。我个人的生活是在大山般公共文化事业的狭缝里。那些年，老天赐给我的福气是母亲、妻子和子孙们都平平安安，一如"天和地安"，这便使我可以一任所思所想地去做事。我辛苦，却不叫苦。我感恩上苍，在这样一个物换星移的大时代，能为养育自己的文化的传续做些事情。我走在山川大地中，常常感动不已。我感到我们文化的伟大。我说过，我们不知道的永远比知道的多，我更感到，它让我们获得的永远比我们付出的多。

六、羌去何处？

十多年的文化抢救，总是不断地出现意外。一个个意外的、强加的、无准备的、甚至恶性的事情倏然而至。比如前边说的非典，然而最大的意外莫过于震惊世界的汶川大地震。

地震发生时我正随着中国政协代表团在欧洲访问，5月12日那天在匈牙利的布达佩斯忽然听到这个可怕的消息。我知道大事不好，当即给基金会的秘书长冯宽打电话，叫他立即给红十字会送去十万元捐款，说明这笔钱专门用于救助灾区文化。那几天里，由国内传来的直线攀升的死亡人数牵动着代表团每个人的心，大家承受不住了，代表团决定中止访问。大灾大难时都要和亲人在一起，我们赶紧收拾行囊登机回国。回国后便感到每个人心里都压着一块沉重的石头。在紧张的气氛里，除去忙着捐款捐物之外，更关切的是前方"文化受灾"的状况，因为这次震中是羌族的聚集地。

羌，一个古老的文字，一个古老民族的族姓，在当代中国人心中，早已渐渐变得很陌生。只有在典籍扑朔迷离的记述中，还可找到羌与大禹以及发明了农具的神农氏的渊源。但是这个有着三千年以上历史的民族，在中华民族大家庭里，它与许多兄弟民族都有着直接的血缘关系，所以费孝通先生称它为"向外输血的民族"，它曾经为中华民族的文明史做出过杰出贡献。但如今它只剩下三十万人，绝大部分散布在阿坝州的汶川、茂县、理县和绵阳的北川那些高山深谷中。这次大地震好像是极其恶毒地针对着他们来的，他们的聚居地基本上都地处震中。羌民族是这场大灾难中悲剧的主角：羌民几乎全成灾民。

然而，这个古老民族的文化丰饶，神秘，极富魅力。羌族的人口虽少，但在民俗节日、口头文学、音乐舞蹈、工艺美术、服装饮食以及民居建筑方面，异常独特，自成一体。他们悠长而幽怨的羌笛声令人想起唐代的古诗；神奇的索桥与碉楼，都与久远的传说紧紧相伴；他们的羌绣浓重而华美；他们的羊皮鼓舞雄劲又豪壮；他们的释比戏《羌戈大战》和民俗节日"瓦尔俄足节"带着文化活化石的意味……而这些都与他们长久以来置身其中的美丽的山水树石融合成一个文化整体。近些年，两次公布的国家非物质文化遗产名录把羌族的六项极珍贵的民俗与艺术都列在其中了。中国民协根据

* 2008年5月12日汶川大地震后，立即在四川成都成立紧急抢救羌文化遗产工作基地。
左为朱永新、罗杨

这里有关大禹的传说遗迹与祭奠仪式，还将北川命名为"大禹文化之乡"。

但是现在居住在高山上的羌族村寨大多毁了，碉楼倒了，文化全灰飞烟灭了吗？我们与四川民协联系，但他们与汶川和北川完全失去了联系，道路断了，电话不通。只是在电视里看到成堆的废墟与现场救人的画面。

5月19日，地震七天。2点28分全国哀悼。我在学院的公共空间——阳光盒子内设立祭坛，全体师生员工默哀三分钟，随后举行座谈，我在发表感言中，讲到心之所系的灾区、羌族及其文化，还说汶川和北川的废墟应当留下来一两个，将来建立一个"大地震灾难博物馆"。我的话不知怎么流散到网上，随即引起极其强烈的争论。很多人不明白此时此刻正是救人如救火的时候，我为什么会说建地震博物馆的事，脑袋进水了吗？有的网民批评得相当激烈。我当晚写了一文《要想到建立汶川地震博物馆》，第二天交给新华社发表出来。原文是——

面对大地震，当前最要紧的事是抢救生命和救助灾民，然而从未来着眼，要想到建立汶川的地震博物馆。

汶川大地震无疑是百年来罕见的大自然的灾难。建立一座博物馆首先是要见证这一灾害的巨大破坏力。见证这一悲剧的事实。无论在地震学、地质学、建筑学还是科学地抗震救灾方面都有重要的价值。更重要的是，它将见证当代中国人面对这一特大灾难表现出的特有的气质与崇高境界。它将坚实而鲜明地记忆着中国人勇敢、坚韧、博爱、团结和神圣的生命情感。这是我们这一代中国人伟大的精神创造。博物馆能将其珍藏，使其发扬。

世界上有一些非常著名的灾难博物馆，永远记载着历史上的天灾人祸。人祸方面如日本广岛的原子弹灾难博物馆、二战留下的奥斯威辛和毛特豪森集中营、南京大屠杀纪念馆等等；天灾方面的如意大利的庞贝遗址博物馆和唐山抗震纪念馆等。灾难博物馆不是展览痛苦，而是记忆着人类的命运及其表现出的生命的顽强与人性精神。它使人们认识自己，保持清醒，从中自警，或自我激励。

我想汶川地震博物馆应建在地震原址上；在结构方面主要应包括三部分：一是留下一块能够经典地显示灾难强度的废

墟；二是一座式样独特的博物馆，三是抗震救灾纪念碑和遇难者人名墙。大量典型的地震与救灾的见证应陈放在博物馆中。无论是实物还是音像。比如：一座震毁的小学校受难学生成堆的书包，那位把遗言留做短信的母亲的手机，大大小小写着失踪亲人姓名的纸板，遇难者名单，砸垮的汽车，压断了的担架，挖掘器械与生命探测仪，总书记在余震中讲话的录像，总理穿过的橙色的救生坎肩和向群众喊话的话筒，伞兵的伞，血迹斑斑的迷彩服，各地救援物资与各国救援队，野战医院的标示牌，航拍的地貌图，来自世界为灾区手写的捐款单，以及无以数计的震撼人心的照片与录像等等等等。在整个大地震和救灾过程，一切不能遗忘的实物与资料，都将在博物馆构成永远的可视和可感的历史。历史，不仅是站在今天看过去，还要站在明天看现在。今天的一页终要翻过去，但我们要把今天的真实的情感与精神高度传到下一代。这便是建立博物馆的目的。

我之所以现在提出要考虑建立汶川地震博物馆，是希望有关方面（比如文博界）现在就要动脑子想一想应该怎么做，并开始收集具有见证意义的细节。许多珍贵的见证物往往认识不到就会丢弃。有些事办起来要有先有后，有些事必需及时地去

* 《羌去何处》《羌族口头遗产集成》封面

做。如果事后才想到，从博物馆角度看，无比充实的现实就会因为缺失细节而变得有限与空洞。

我想，将来的汶川地震博物馆一定会为我们的后代永远地留下这个黑暗又光彩的今天；它将成为中国人心中一份沉甸甸继往开来的精神遗产。

文章发表后，得到了大家理解，网上的争论缓和下来。

过了两天，媒体报道总理到北川，他站在北川县城外一块高地上讲到羌族文化的抢救，也讲到将来要建立地震博物馆。他特别强调："北川是我国唯一的羌族自治县，要保护好羌族特有的文化遗产。"总理的文化眼光令我钦佩。使我十分鲜明地感受到了国家文化的自觉。我想我们要行动起来了，保护羌文化责无旁贷。而且我们在北京已经坐不住了，必须马上到受灾的前线。

按照计划，6月1日我们在北京召开"紧急抢救羌文化座谈会"，会后即组织奔往灾区的专家工作组，同时请四川民协协调前方相关部门。6月13日我又到北京，在文化部参加国家文物局召集的"关于筹建地震遗址博物馆专家座谈会"之后，没有回津，紧跟着与朱永新、罗杨、向云驹带领的一个由民协、民进组成的十多人的专家小组飞抵成都。在成都并没有看到强烈的震后景象，据说与地下板块的构成有关，可是到了都江堰就如同进了战场。尤其去往北川县城的路上，到处遗落着大大小小的飞石，有的巨石堵了大半个路面，树木全都东倒西歪，然而道边居然神气十足地竖着一块大禹文化之乡的牌子，这牌子还是我们中国民协给立的呢。可是羌族唯一的自治县的"首府"——北川已然化为一片惨不忍睹的废墟。二十天前北川县城就已经封城了。城内了无人迹，连鸟儿的影子也不见，全然一座死城。湿润的空气里飘着很浓的杀菌剂的气味。我们凭着一张"特别通行证"，才被准予通过黑衣特警严密把守的关卡。

站在县城前的山坡高处，凭着一个偶然而侥幸活下来的北川县文化局长，手指着县城中央堆积的近百米滑落的山体告诉我们，多年来当地专门从事羌文化研究的六位文化馆馆员、四十余位正在举行诗歌朗诵的"禹风诗社"的诗人、数百件珍贵的羌文化文物、大量田野考察而尚未整理好的宝贵的资料，全部埋葬其中。我的心陡然变得很冲动。志愿研究民族民间文化的学者本来就少而又少，但这一次，这些身在第一线的羌文化专家全部罹难，几乎是全军覆没呀！我们专家调查小组的一行人，站成一排，朝着那个巨大的百米高的"坟墓"，肃立默哀。为同行，为同志，为死难的羌民及其消亡的文化。

在北川中学震毁的废墟中，我捡到一个课本，是八年级的《生物学》，上边还有学生的姓名，课本的封皮已经砸烂，我想这孩子多半受难了。北川中学死难的学生一千多人。一个当地人送给我厚厚一本相册，里边的照片全是成批死难学生的惨状，他说这照片是他拍摄的，送给我保存起来。这本相册至今还在我的书柜里，我一直不忍打开再看。

大地震遇难的羌民共三万。占这个民族总数的十分之一。

在擂鼓镇、板凳桥以及绵阳内外各地灾民安置点走一走，更是忧虑重重。我不忍再去追述在这些地方种种惨烈的见闻，因为我是1976年唐山大地震的亲历者和受难者，我受不住那个留在心里的疤再次疼痛。

此时——我想，这儿的灾民世代都居住在大山里，但如今山体垮了，村寨多已震损乃至震毁。著名的羌寨如桃坪寨、布瓦寨、龙溪川、通化寨、木卡寨、黑虎寨、三龙寨等等都受到重创。被称作

* 进入北川地区时必须喷洒消毒剂

"羌族第一寨"的萝卜寨已夷为平地。治水英雄大禹的出生地禹里乡如今竟葬身在冰冷的堰塞湖底。这些羌民日后还会重返家园吗？通往他们那些两千米以上山寨的路还会是安全的吗？村寨周边那些被大地震摇散了的山体能够让他们放心地居住吗？如果不行，必须迁徙。积淀了上千年的村寨文化不注定要瓦解么？

在久远的传衍中，这个山地民族的自然崇拜和生活文化都与他们相濡以沫的山川紧切相关。文化构成的元素都是在形成过程中特定的，很难替换。他们如何在全新的环境中找回历史的生态与文化的灵魂？如果找不回来，那些歌舞音乐不就徒具形骸，如果再出现，还不都是旅游化的表演了？

此时，救灾刚刚结束不久，重建还没有启动。由全国各地赶来的支援者和志愿者组成的救援队与医疗队，到处支着一排排的帐篷，立着各色标志性的旗帜，还有小山一样堆放的救援物资，上面蒙着白色或湖蓝色的塑料布。人们都忙着为灾民安置生活，计划为他们重建家园。可是，现在看得见的还只是他们被毁坏的生活家园，看不见的是他们已经失去的精神和文化的家园。

当天夜里在成都旅店里又赶上一次可怕的余震。第二天便在西南民族大学与四川学者开了整整一天的会，研究文化抢救。我说：
"对于羌族来说，他们的文化的存在就是他们民族的存在。他们生活在自己的文化里，如果这次他们失去了自己的文化，羌民族不就消失了？"大家都感到事情的紧迫，专家们提了很多很有价值的意见。

我们当即就建立了"紧急抢救羌族文化工作基地"。由四川方面学者做灾区文化的一线抢救，由我们尽快将专家意见整理成《关于抢救和保护羌族文化建议书》，报送国务院。这些建议将与下一步"恢复重建"中羌文化的保持与传承密切相关，十分重要。可是关键要看将来地方政府是否重视和怎么执行了。我还是不放心，但也没有办法。

第二天我跑一趟汉旺镇和孝德镇，如入鬼蜮，心中悲凉。后来又赶到清道镇的射箭台村看望绵竹年画老艺人陈兴才，见他身体尚健，还在画画，心中得到一些欣慰。

返京之后一周之内，我们就将《建议书》写好，由我转送给国务委员刘延东。还有一件事一直在心里，便是在北川地震灾区一所小学的安置点与两个羌族孩子聊天时，曾问他们是否知道自己的一些传统文化？比如碉楼、大禹、羌笛，他们摇头说不清楚。如果他们今后再见不到，那么历史在他们一代人身上不就中断了吗？于是我约向云驹合写一本《羌族文化学生读本》，对羌族的孩子们讲一讲他们的历史、传说、艺术、习俗、建筑、服饰等等。我在书前写了这么几句——

亲爱的同学：

这是一本专门为你们写的、介绍羌族历史文化的读物。

如果你是羌民族的一员，希望通过这本书，让你更了解你的民族光荣的历史和灿烂的文化。相信你会为之骄傲和自豪，并以传承它、弘扬它为己任。

如果你不是羌民族的一员，希望通过本书，让你深爱这个卓越而神奇的民族。特别是在它受到地震巨大的伤害时，相信你会更加亲近它、帮助它，使其永葆文化的迷人与尊贵。

图书出版后，由我的基金会买了一万本，送到四川，捐给了灾区的学校。

鉴于北川民间文化学者多年收集的大量的口头遗产都埋葬在

* 国家授予的"全国抗震救灾模范"称号

废墟里，故在西南民族大学抢救羌文化的会议上，曾呼吁在四川从事羌文化研究的学者，将他们长期以来收集的民间文学资料贡献出来，整理出版，以防散失。这个呼吁得到响应，很快就有丰厚的资料汇集起来，再加上四川民协在灾区各县调查的收获，很快编成四大卷《羌族口头遗产集成》，竟有百余万字，我们抓得紧，很快就出版了。这应是第一部羌民族口头文学的集成，十分珍贵。同时，还将绵竹年画的大型文化档案加紧编好并印制出来，为了给受灾的绵竹艺人们以切实的抚慰。

一年后，在中南海国务院参事室的一次会议，总理对我说："冯骥才，你不是关心北川地震遗址吗？已经留下来做博物馆了。"我听了又高兴又感动。

2008年大地震来得太突然，好似下降一斧，猝不及防。它对民族文化的破坏猛烈又猛烈，我们的反应一定是紧急再加急。

看似我们为羌民族做了一些事，可是于事有补吗？我在一篇散文《羌去何处？》中写了这样一段忧虑重重的话：

我忽想，做了这些就够了吗？想到震前的昨天灿烂又迷人的羌文化，我的心变得悲哀和茫然。恍惚中好像看到一个穿着羌服的老者正在走去的背影，如果朝他大呼一声，他会无限美好的回转过身来吗？

其实我写的正是心底的一种苍凉。一种多年抢救工作过程中积淀在心底的一种愁绪。在巨大的历史的时代的自然的破坏面前，我们少数一点人的努力再努力，紧急再加急，于事何补何益？所以我曾说，我是失败者。我曾保护的老城老街最终还是没了，现在保护的古艺古俗古村又将如何？不是已经面目全非就是正在面目全非。在利欲熏心的商品大潮地包围中，我们怎么做才能保住历史文明留给我们的真醇？

七、把所有武器都用起来

2008年对我同样重要，这一年我多了两个工作平台。

奇怪，我的事总是一对一对出来的。

一是4月份，天津大学通知我被批准为博导，跟着又征得我的同意，由文联调入天大，从此专职从事教育。

二是秋天在中南海接受温家宝总理授予的"国务院参事"聘书。

这两件事虽然都重任在身，却也都是很大的舞台。我需要这个舞台，特别是国务院参事。然而，我没有把它当作一种"官职"。我对做官从无兴趣，并且一向敬而远之。两年前，领导想调我进京，任职部级，连住房、用车、司机、秘书等一整套待遇都明明白白告诉我了，但被我谢绝。我的回答很坦率，我说，我不想让天下文人以为冯骥才努力做事，最终还是为了谋得一个高官。我更不想放弃一个文化人所拥有的独立立场和精神自由。然而，现在的我，正在做着一些很大的事情，需要一些更大的平台。在一个官本位的社会里，你没有"名分"，你的话人家完全可以不理。我已经把自己的所有私器都变为公器了——写作用来做文化批评，或用来写田野档案；绘画拿来卖钱，资助文化。天生不惧怕在大庭公众中说话，成了我能够向公众宣讲的资本与工具。我的所有"头衔"都是我做文化抢救的名分。政协一直是我为文化遗产发声的惹人关注的"高地"。哪怕媒体的访谈，也被我视为一次次表达思想和观念的机会。这些显然还不够，我需要更多的利器为我所用。

此时我在天大已从教三年。三年来随着抢救工程的深入与纠结，我左手和右手这两件大事——文化抢救和教育，已经渐渐合二为一。我的学院已成为我组织与推动文化抢救的工作室，师生成了我的助手，而我的教研也将田野之所思之所获融合了进来。比如我负责全国木版年画抢救的专项，由于缺少工作团队，就派几个学生杀出去。我带着学生，一边做调查一边培训，等于上课。

一次，我在河南开封参加抢救工程普查经验交流会，会上听河南民协的秘书长夏挽群告诉我，他们在豫北滑县发现一种古版年画。跟着两位滑县的中年男子拿着一大卷画来找我，一位是慈周乡李方屯的村长，名叫韩建峰，他说这些年画是他们家乡印绘的。他一家人也都会印绘年画。我一看，非常新奇，此前从未见过这种风格的年画，大气又厚重，多为神像，造型肃穆，画面左右两旁印有对联。横批大多为"神之格思"四字，取自诗经"大雅"，表示神仙来到。开封当地人对朱仙镇年画都很熟悉，却不知这些画的产地在哪里。可是滑县距开封并不算远啊。凭直觉，这似乎是一种深藏在乡野间、未被"发现"的古老的版画。这使我很兴奋，当即决定去滑县李方屯乡亲自做一个调查，说不定会"掘出宝贝"。再没有比田野发现更快乐的事。

谁料到第二天下起雨来，而且愈下愈大，由于村口距离公路还隔着一段田野，汽车进不去，只能走过去。这时田地全是泥水，我只好又祭起几年前在武强发掘屋顶秘藏年画时那个"法宝"——在皮鞋外边套上一个塑料袋，可是这里泥软，几次险些滑倒，多亏同来的两个年轻人帮助，一左一右架着我，否则会不止一次跌在烂泥之中。待进了村子，到了韩建峰家，皮鞋已成了水篓。我当时的模样肯定狼狈不堪，可是一看挂满墙上的画和桌上的雕版，已然忘了浑身的湿冷。我的确看到了"隐居"在中州大地深处的一种非常独特又古老的版画。

滑县在黄河之北，朱仙镇在黄河之南。奇怪的是他们相隔不远，却没有任何关联。我将这两地年画做了比对，发现它们无论是造型还是技法全都迥然不同，可以确定这是一个独立的年画产地，一个隐身于中州腹地的失落的文明，应该抢救它，把它列为普查的一个专项，这年画后边一定有更厚重的东西。可是当时在河南找不到相关的专家。我便从我的师生中组织起一个团队，马上进入滑县。所使用的方法不是艺术调查，而是文化调查。后来，我在学院举办的中日韩三国非遗田野调查经验交流会议中，介绍我们此次田野抢救所使用的调查方法的三个特点：1.集体性，即团队式的工作；2.多学科，即民俗学、文化学、人类学、历史学、艺术学等学科的交叉与结合；3.多手段，即文字、拍照、录音、录像、口述史等。这次真正做到"逐门逐户"的地毯式调查，结果极为丰厚，单是收集到的画作就达到五百余种。这样的体量，完全可以列入《中国木版年画集成》，成为单独的《滑县卷》。由于从未有民艺学者来过此地，这个产地没有专家，只好我亲自来编写档案，全部工作完成后，便将这次普查成果在我学院的北洋美术馆举办了一次大型的文化展。这一系列努力，使得滑县的百姓认识到自己祖传技艺的价值，并使这一几近消亡的古老艺术开始复兴。转一年，滑县木版年画制作技艺就被列入了国家非物质文化遗产。

同时从中得到收获的，是我院进行滑县年画遗产调查的师生团队。他们有血有肉地获得了田野普查的经验，拓宽了视野，引发了学术研讨的兴趣，进而对年画展开区域更加广泛的调查工作，不断召开各种主题的年画论坛，兴办《年画研究》学刊，渐渐产生了致力于建立年画学科的设想。特别是师生们经过三年的努力完成了十四卷本《中国木版年画传承人口述史》的写作之后，民协将"中国木版年画研究中心"放在我院。现在年画研究已是我院教研的一个主项。有志于年画研究的专业人才也冒出来了，这是我特别高兴的事。

在《中国木版年画传承人口述史》的带动下，继而又完成关于另一项国家文化遗产的口述调查与整理——十卷本的《天津皇会文化遗产档案》，渐渐在我的脑袋里出现了一个新的口述史概念——传承人口述史。我看到了它对于非遗保护特殊的价值。我在《为传承人口述史立论》一文中说：

口述史作为一种特殊的研究方法与文本样式，已经在历史

* 河南的文化普查中发现一个古老的画乡——滑县。入村这天正赶上
  大雨浇头

学、社会学和人类学等领域中广泛应用，相关的理论体系亦已形成，但是"传承人口述史"还是一个崭新的概念。我国非遗（民间文化）的保护自二十一世纪初才步上正轨，传承人的认定和保护不到十年，而"传承人口述史"的概念更是在其后才出现的。然而，一经出世，便站住了脚，并显示出它对于非遗的挖掘与存录有着不可替代的功能和意义。

物质文化遗产的传承载体是遗产的本身，而非物质文化遗产主要保存在传承人的记忆和经验里，这种记忆与经验通过耳闻目睹和言传身教的方式代代相传，没有文字记录，没有确凿与完整的书面凭据；它的原生态是不确定的，传承也不确定。这样，在当前时代转型、现代文明冲击的背景下，极易瓦解与消散。出于保护民间文化遗产的需要，非遗档案调查与建立的需要，保护传承人的需要，口述史便应运而生，派上用场；再没有一种方法更适合挖掘和记录个人的记忆与经验，并把这些无形的不确定的内容转化为有形的、确切的、可靠的记录。于是，在我们的社会学、历史学、文学和人类学的口述史之外，又出现一个新面孔，就是传承人口述史。

由于传承人是一个独特的各擅其能的群体，是一群另类的人，同时传承人的口述史还有民俗学和遗产学等方面特殊的要求，因而"传承人口述史"自具特征与标准。一方面，它与历史学、社会学的口述史有共同和一致之处，一方面又有鲜明的不同，比如说，传承人口述史文本要有史料性、技能的资料性和档案性，这就自然与其他口述史迥然不同了。文本的形式也会不同。

我们已经认识到传承人口述史在非遗挖掘和存录上的重要意义及不可或缺，同时，也深感建立这门学科的理论已是时不可待。只有经过理论上的再认识，才能更清晰地把握和发展这门学科。

在当下国际学术界，口述史已经由从属于历史学、人类学和社会学的研究方法，发展为一个新的学科；但是还没有传承人口述史——这一专门概念的提出。它是我们提出来的，是我们在非遗抢救和保护中对口述史的广泛运用从而获得的学术发现。由此进行相关理论的建设，则体现我们学术上的自觉。我们要把"传承人口述史"作为一个学科分支从实践到理论扎实地建立起来。

　　我的这个想法得到国家社科基金的支持，我主持的一个项目"传承人口述史方法论"研究被列入社科基金的项目。这样，我们就成立了"中国传承人口述史研究所"，致力开创这个口述史的新学科，并将它与年画研究并列为我院的学科重点，渐而形成自己的教研体系和学术方向。

　　一边是深入到田野一线进行"形而下"的原生态的文化调查，一边是在高等学府进行紧张的"形而上"的理论总结与学术深究，我称这种工作方式是一种"甜蜜的往返"。它使我们的行动是"有眼睛的行动"，使我们的头脑是"有脚的大脑"。

　　一年一度的政协会议是我的一个战场。

　　在政协，如果你的观点能够刺中社会的症结，或者有助社会进步，一定会受到关注。我希望人们关注我的思想观点而不是关注我本人。就像一次在央视，主持人叫我画一幅自画像，再写上两句话。我便画了自画像，写上"忘记这个人的长相，记着他做的事"。

　　政协需要你站在国家层面上，提出的问题必需关系到国家的方

← 用了数月的努力，将滑县年画独特的历史、文化、技艺与习俗写进了这本书

→ 我学院团队经过一年的深入调查，口述挖掘，学术整理，终于为滑县年画建立了档案；2010年滑县木版年画被列入"国家非物质文化遗产名录"

略，其实这也正是我们的需要。我要做的正是事关国家和民族的文化利益，我们希望国家的发展方略更具文化眼光。在现今中国，唯有政协拥有这样的机制，你的意见既能使国家的决策层听到，也能传播到全社会。所以在我长达三十五年政协委员的任期中，每年每次的政协提案与发言，我都要做精心的准备。

当然，政协所需要的不是纯思想纯理论，同时需要有可操作性，能在被国家接受后转化为国家行为。国务院参事的工作在性质上与政协是一致的，但要多一些战略性的思想性的东西。所以在一次总理主持的参事会议上，我发言的题目是《建议国家确立文化建设立体的战略结构》，我说：

我认为理想的国家文化建设的战略结构应是金字塔型的。它分为塔尖、底部和中层三部分。

一个国家的文化必须有它的峰顶，就像金字塔的塔尖。它标志着一个国家的文化所达到的时代高度，彰显着一个时代文化创造的极致，表现着一个国家真正的文化实力。它在全民心中应具有值得自豪的位置。这个塔尖是被一批卓越的文艺大家、艺术精英及其经典作品表现出来的。当然也包括国家级的文化艺术机构、设施和历史文化遗产。国家要对这个攸关国家文化形象与高度的塔尖大力投入，不能任由市场操作。在大力支持这个塔尖的同时，还要建立一整套机制和管理办法。如建立国家文化人才数据库、建立国家文化发展基金，设立荣典制度，并将这一层面的文化作为对外文化交流的主体。养护和加强这个塔尖是国家文化建设的核心。

金字塔的底部是大众文化。现在大众文化已经商业化了。成为大众性的商业文化。它有其自身的规律，应由市场调节。国家对这个层面的文化的主要责任是管理。既是市场管理，也是文化管理。市场管理是使市场良性和有序；文化管理是保持其活力与健康。

处在金字塔中层的是中档文化。它处在底层与塔尖之间。但在任何文化发达的国家，它都是大量的审美存在和欣赏存在。他的范围是根据每个国家人民现有的欣赏水平确定的。然而从通俗的大众文化走向中档文化，是一条提高人民欣赏水平与审美品格的必由途径。国家和各级地方政府应抓住中档文化，积极支持与推进，对于提高整个民族的文化素质它是重要的一环。

国家的文化格局不应是平面的。长期的平面化并商业化，其结果必然是遏制人才的出现，国家的文化形象模糊不明。没有文化的大战略就不会有文化真正的繁荣，故此建议国家的文化建设考虑一个清晰和立体的战略结构。

近十多年，我在政协上通过"议政"与提案所提出的观点，绝大多数与我所做的文化遗产工作密切相关。凡属于重大的必须在国家层面解决的问题，我都会拿到政协会议上提出来。比如关于传统节日放假、申遗热、文化产业化、文化政绩化、少数民族文化遗产保护、文物走私、传统村落保护、旅游性破坏等等。都是不能不解决的、紧迫的、尖锐的问题。往往就必须加大批评力度。政协虽然不能解决所有问题，但只要解决都是关键的问题。比如我提出的文化遗产日的建立，清明、端午和中秋三个传统节日的放假，古村落保护等等事关民族文化根基与文化传承的重大问题都是通过政协解决的。2007年3月我交了一份提案，题目是《关于建议春节假期前挪一天的提案》。我认为，依照传统，春节最重要的日子是除夕，只有除夕才真正具有辞旧和迎新的意味，所以现行春节假期除夕不放假（实际上自民国元年除夕就不放假）是不合理的，不仅不利于人们过好春节，不符合中国人"年"心理的需要，也有碍于中国人对这个最重要的传统节日的传承。为此我建议将春节假日前调一天，除夕放假。

几个月后我就接到国家发改委的电话，说我的意见被采纳了。自2008年我国的春节就改从农历腊月三十（除夕）起放假。

虽然这个提案也只是我对传统文化保护（节日保护）的一个思考，一个应对，但是它的作用并不小，可以无形地影响国人的生活文化以及传统的观念。

如果你的问题太大，太复杂，解决不了。你的发声却同样有益，在那个敞开的平台上广泛地传播出去，就会引发广泛的思考，这种思考也有助于社会精神的活跃和对公共事务的参与。

比如我在一次政协的会议上，就讲了这样一个话题《文化怎么自觉》。我说：

文化应该谁先自觉呢？

首先是知识分子。我写过这样一句话"当社会迷惘的时候，知识分子应当先清醒；当社会过于功利的时候，知识分子应给生活一些梦想。"知识分子天经地义地对社会文明和精神予以关切、敏感，并负有责任。没有责任感就会浑然不知，有责任感必然深有觉察，这便说到了知识分子的本质之一——先觉性。先觉才会自觉，或者说自觉本身就是一种先觉。

再有，国家的文化自觉同样至关重要。

以我这些年从事文化遗产保护时的亲身经历，我以为国家的文化自觉是有的。比如知识界提出的对非遗保护的观念与种种措施都得到国家的接受。在确立文化遗产日、传统节日放假、制定与颁布非遗法、建立非遗名录等方面，国家都一步步去做了。可是，在我们口口声声说的"经济社会"中，文化到底放在什么位置？还有宏观的国家文化方略到底是怎样的？仍需要十分明确。

在现实中，问题最大的倒是在政府的执行层面上。或由于长期以来重经济轻文化，或由于与政绩难以挂钩，致使文化在经济社会中处于弱势。文化的缺失不会显现在任何一级政府当年功绩的统计表中，但日久天长便显现于各种社会弊端上，并积重难返。因此说，政府的执行层面的文化自觉成了关键。若要使这一层面具有文化自觉必须有切实办法。否则，文化在

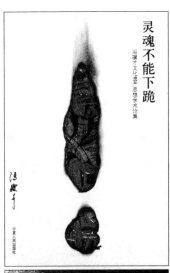

* 这些年出版了大量的文化批评著作，
《灵魂不能下跪》《思想者独行》
《文化诘问》等

这个层面必然化为几场大轰大嗡、明星云集的文化节和一大片斥资数亿的文化场馆。因为，当前文化的遭遇，往往是要不依附于政绩，要不与经济开发挂钩，文化失去了本身最神圣的功能——对文明的推进，还有自身的发展与繁荣。任何事物只有顺从其本质与规律去发展，才是科学的发展。违反其规律与本质就是反科学——在文化上就是反文化的。当然这就更提不到文化自觉了。

我对文化自觉的理解是，首先是知识分子的自觉，即知识分子应当任何时候都站守文化的前沿，保持先觉，主动承担；还有国家的文化自觉，国家也要有文化的使命感，还要有清晰的时代性的文化方略，只有国家在文化上自觉，社会文明才有保障。当然，关键的还要靠政府执行层面的自觉，只有政府执行层面真正认识到文化的社会意义，文化是精神事业而非经济手段，并按照文化的规律去做文化的事，国家的文化自觉才能真正得以实施与实现。上述各方面的文化自觉最终所要达到的是整个社会与全民的文化自觉。只有全民在文化上自觉，社会文明才能逐步提高，当代社会文明才能放出光彩。

我知道，这些思考到了实现它还差得远着呢，甚至遥遥无期。但不管目标多远，你作为一个知识分子总不能没有社会与人文目标，不管它能不能实现，你都要把你的思考充分和清晰地表达出来。

我自己既是现实主义者，又是理想主义者。因此我的麻烦是双倍的：我在现实中困难重重，在理想中常常失落。

所以，每一次长达十多天的政协会议闭幕回家的路上，思辨的硝烟在大脑中渐渐沉降下来时，都会忍不住说一句："战争结束了。"

八、抢救没有句号

2009年底，我邀请全国各年画产地普查工作的负责人，在我的学院召开一个会议，叫作"收尾工作会议"。叫"收尾"，为了加把劲儿，抓紧完成。年画的普查，自2002年启动已经七年，但实际完成普查工作的产地仅仅一半。还有一半，有的刚有模样，有的还未成形。原计划用十年时间，现在剩下的时间还有两年左右。看来，我对困难估计太不足，把自己的力量看得过大。可是这事原来谁也没做过，专家和经费的紧缺都是瓶颈。这次"收尾"是想理清问题，设法解决，使这项工作如期完成。

这些年，在千头万绪的工作中，我始终牢记年画普查是分工给自己亲手来抓的。因此，我必须亲力亲为，找机会或借机会跑到各个产地了解情况，求助当地政府，调动各种力量，推进普查。从滩头高腊梅作坊到凤翔邰立平的画屋，从周庄的纸马店到潍坊杨洛书的同顺堂，从杨柳青的南乡到高密的北乡……更别说两次探访画乡——武强和滑县，都在风里雨里泥里。记得那次从开封经洛阳奔往山西的年画之乡新绛，途中遇到大雪封路，在新乡没有暖气的小旅店冰冷的被窝里冻了一夜，几经辗转，才抵达晋南。我已经把此次的感受写进一篇散文《大雪入绛州》了。这次长途奔波，只因为绛州虽有久远又深厚的年画遗存，却没有一个专家。我国的非遗难比日韩，日韩肯做奉献的学者多，我国的学者大多挤在热门选题或有公家基金的事情上找活干。这使得弱势的文化愈加弱势。

新绛古称绛州，与临近的侯马、襄汾古来都是年画的胜地。它们北接雕版印刷的中心临汾，历史悠远，文化醇厚。但"文革"中受到重创，上世纪八十年代已无活态。那里的古画版很早就流散在津京一带的古玩市场上，大多被海外的买家弄走。我曾在天津沈阳道一家小古董店看到七八十块晋中南的古版，其中有十多块临汾地区特有的"拂尘纸"，都是戏出内容，却即刻被一个日本人"连锅端"了。一次我到太原做皮影的调查，顺便召集当地年画专家研究临汾与晋南年画的抢救，却只见到两位老专家，他们都已经跑不动了，无法再去晋南。于是晋南就一直搁在那里没有动静。幸好这次绛州政府想用年画申遗，又不知怎么做，我便跑去查看究竟。能否组织人员做培训，交代普查做法。

由于各地人才情况不同，经费多少不一，很难达到整套档案一致的要求，文字上更难达到相同水准，这是做好一整套书的大忌。有的需要编辑加工，有的需要修改，不合标准和水准过低的必须要重写。《杨家埠卷》《拾零卷》就是我下决心大改的。《拾零卷》中"东丰台"产地的调查没人做，干脆自己上阵，跑到东丰台去做"田野"。为了使这套集成能够尽善尽美，我还特意邀请到俄罗斯科学院院士李福清和日本学者三山陵女士对收藏中国年画最丰富的俄日两国做一次"海外普查"。李福清曾是我许多小说如《高女人和她的矮丈夫》《神鞭》等俄译本的译者。由于他是著名汉学家、中国年画研究专家阿理克的学生，本人对中国民间的文学与艺术一直抱有浓厚的兴趣。他将我托付他的这件事当作一次深入探索中国年画的良机，在俄罗斯所做的普查竟涉及十多个城市，总共二十二个博物馆。日本的三山陵女士也是如此。由于这二位学者的敬业，终于完成了卷帙浩繁的《中国木版年画集成·俄罗斯藏品卷》和《中国木版年画集成·日本藏品卷》，从而为《中国木版年画集成》的文献价值增加了不小的分量。

我为这套集成写了一篇很长的序文《中国木版年画的价值及普查的意义》。结尾处这样写道：

← 《中国木版年画集成》凡二十二卷。将全国所有活态画乡的文化家底"一网打尽"
→ 《中国木版年画抢救与保护全记录2002—2011》

在集成的总体把握上，首先是将产地划为两部分。

一为大产地，即规模大、水准高、影响广泛的产地。这些产地独立立卷，也有两个产地合为一卷。这部分包括《杨家埠卷》《杨柳青卷》《朱仙镇卷》《武强卷》《滩头卷》《高密卷》《绵竹卷》《滑县卷》《凤翔卷》《平阳卷》《平度·东昌府卷》《内丘卷》《云南甲马卷》《桃花坞卷》《佛山卷》《绛州卷》《漳州卷》《上海小校场卷》《梁平卷》，凡十九卷，二十个产地。

二为小产地。这种小产地，即规模较小、影响局限于一定地域、但风格独具的产地；还有一些历史上有较大影响却遗存不多、无法单独立卷的产地。本集成将这两种产地汇总成集，名曰《拾零卷》，凡一卷，二十个产地。包括东丰台、郯城、晋南、彭城、泉州、南通、扬州、江苏、徽州、樟树、获嘉、汤阴、内黄、苏奇、卢氏、老河口、夹江、邳州等。另将澳门与台南米街两地年画调查资料收入其中，历史上当属首次。

本次年画的抢救工作，分做两个阶段。

第一阶段是地毯式普查，收集物质遗存，调查和记录活态状况，查清家底。

第二阶段是分类整理直至档案性集成的编纂。

这部集成区别于以往任何形式的单纯的年画集，它以普查所获资料为主。重点放在文化而非单一的美术上。在全套《中国木版年画集成》完成之后，还将此次普查的全部材料编入"中国木版年画档案数据库"，以供全民享用和拥有。至此，本集成编者的使命——即对中国木版年画全部的普查与整理工作，即告完成。我们吸在胸中的一口气，长达十年，不敢松弛，现在终于吐出来。因为，我们把抢救中国民间文化中的一出大戏唱罢。对于年画——这一田野大地灿烂又神奇的艺术与文化，我们没有任凭它在社会转型期凋零与消亡，而是齐心合力，锲而不舍，拼力抢救，精心整理，请进殿堂，以期传之后世。

待这套二十二卷大书经雅昌印制完成，由北京运到我的学院，五彩缤纷、小山一般的码成一垛，一时我不知是何滋味。它真的是中国年画千年史的全记录吗？我们真的为伟大的中国的年俗版画编制出第一部全信息的文化档案吗？在它没有完成之前，所有的一切都与我密切相关；在它完成之后却好像与我无关了。因为它不是我的作品，我为它付出的努力远远超过几部长篇，谁肯用自己的几部长篇来换这套历史文化档案？可是此刻，我却有一种巨大的快感，因为我为我热爱的伟大的文化遗产完成了一件历史性的大事，也给自己用时十年的一桩工作画上句号。这天晚上我睡了一大觉，长达十个小时，中间竟然没醒，而且无梦，好似空白，我从来没有睡得这么舒服，这么坦然，醒来后坐在床上不知自己身在哪里，两眼直怔怔望着妻子，竟然一时不知她是谁，她笑着问我："你到底怎么了？"

不过我没能舒服得太久，很快就传来一个叫人震惊的消息：杨柳青的老画乡——南乡三十六村要拆，土地的开发权已经由政府卖给一家大名鼎鼎的房地产公司了。那么，南赵庄杨柳青著名老画店义成永杨家老宅和宫庄子画缸鱼的王学勤的那个画室呢？马上就要一扫而光吗？

这个时代，真逼得你喘不过来一口气！

这次来到南乡，已是满目苍凉，一些民居被推成废墟，未被推倒的老屋老墙上到处都写着"拆"字！

宫庄子进不去，村口已经被区政府拆迁办用砖木土石堵得严严实实，断了交通。村子的人被困在里边，出路只有一条——搬家走人。我设法进了村子，只见王学勤穿件绿褂子，光着头，一脸哭相，过来就抓着我的手紧紧拉着，好像我就是他的"救星"。他拉着我到了他家。这里我已来过多次，现在一团乱，正在往外搬东西；农民的家全是破烂，搬起来更像破烂。那头跟了他二十年的大黑骡子，被他昨天牵到市场卖了，他总不能带着骡子到安置房去——安置点的房子都是楼房，可是今天他想那骡子了，跑到市场去找，骡子早叫人买走了。所以他此刻心里没着落，不是滋味。

我关心他那个不足八平方米的小画室。一半土炕，一张矮腿木桌，上边全是色罐和笔罐，满墙的年画，一色艳丽五彩、大红大绿的"缸鱼"。这个可能是农耕时代最后一个原生态的农民的画室就要在我眼前活生生地消失了吗？我请来一个装修工人，求他们尽可能将这画室完整地搬到我学院的博物馆，复原之后保存起来，好叫我们的后代能够看到那些生动、纯朴、美丽又神奇的年画，是在怎样的地方画出来的。

但是这装修工说，房子太破了，泥墙都酥了，根本无法搬迁，也没法子将这些溅满色彩的花花的老墙皮揭下来，只能尽力保留屋里的一些物件。

在南赵庄，我见到了八十多岁的年画艺人杨立仁。他家里乱糟糟，也开始往外搬了。我不想再写下去，我已经把当时这些所见所感写在一本小书《临终抢救》里了。我写道：

> 十多年来，我们纵入田野，去发现和认定濒危的遗产，再把它整理好并加以保护；可是这样的抢救和保护的方式，现在又变得不中用了——因为城镇化开始了。谁料到城镇化浪潮竟会像海啸一般卷地而来。在这迅猛的、急切的、愈演愈烈的浪潮中，是土地置换，并村，农民迁徙到城镇，丢弃农具，卖掉牲畜，入住楼房，彻底告别农耕，然后是用推土机夷平村落……那么，原先村落中那些世世代代融入生命的历史记忆、生活习俗、种种民间文化呢？一定是生硬地掰开和撕裂，没人去管。

我没有办法，只能带着我学院的团队在这里连续和紧张地工作了两三个月。此时，我好像又一次回到十几年前天津的老城和估衣

* 这天是杨柳青年画自然传人王学勤被迫动迁的日子
* 王学勤小小的"画室"，称得上农耕文明的活化石了，一切原汁原味，今世已十分罕见。此次动迁中被拆除

街大规模开发时所做的那种工作——抢救性记录。我给这次行动一个悲哀的称呼——临终抢救。我还以此为题，把这次抢救的过程与收获写了一本书在三联书店出版。在近二十年间，我为一次次抢救行动和事件，已经写了许多本这样的小书了。

从现实角度看，我们是被动的；但是从精神角度看，我们是主动的。现实中愈被动，我们就要愈主动。

我们一直被种种困难和打击激发着。

为此，年底在我院举办"硕果如花·中国木版年画十年普查成果展"时，我特意安排一个对杨柳青南乡"临终抢救"的单元，展示我们的文化遗产危难犹在的现状。为了提醒大家，也提醒自己，危急远没有结束，抢救也不会结束。我们的工作不会有句号。

年画做完之后，我腾出手来又先后启动和主持两个大型的抢救性的文化项目：藏族唐卡文化档案和中国口头文学数据库。这两个项目是必须启动的。不仅因为它们重要，而且这时——这些事好像完全是我自己的事了。

唐卡早就被我们列为抢救工程的重点项目。虽然它不是全国性的，只属于一个少数民族——藏族，但是唐卡的历史久远，内涵博大，遗存海量，艺术与文化价值极高，而且分布广阔，地跨多省。它最严重的问题是各产地都缺乏文字记载，唐卡作品之外的"遗产"大都散乱地保存在代代相传的口头记忆中。为它建立完整的文字性的文化档案是必须做的，做得愈早损失愈少。

可是由于唐卡的文化内涵太深，画派纷纭，体量大，现状复杂，我们经过很长一段时间的摸索和研究，有了把握，又有了时间，才决定启动。启动也很慎重，我们先邀请藏学、宗教学、美术学、艺术史与文化学等方面专家经过充分研讨与论证，将唐卡流布的五个省份（西藏、青海、四川、甘肃、云南），按其画史、画风和画派分为十六个产地进行立档调查。其思路、流程与方式，和中国木版年画、中国民间剪纸两个系列完全一致。最终目标是完成纸质的《中国唐卡文化档案》和《中国唐卡文化数据库》。

2012年我们正式确立中国唐卡文化普查的项目，制定了工作方案和计划，组成学术委员会与工作机构，编印了《田野普查工作手册》。

到了这个时候，我们已经没有早期那种经济困境了。一是国家有文化眼光了，二是政府比较有钱和重视文化上的投入了。所以，这个方案于2013年2月就被全国哲学社会科学规划领导小组批准为

"国家社科基金特别委托项目"，属于国家级重要的人文项目，唐卡的普查与立档就顺利地做起来了。

另一个更大的文化项目是中国口头文学数据库。这实际是在普查基础上必须做好的一项学术性整理工作。

口头文学的重要性在于：

一个文学大国的文学，总是分为两种。一种是用文字创作、以文字传播，这种文本的文学是看得见的、确定的、个人化的。这是文人的文学多采用的方式。另一种是用口头创作、口口相传，这种口头的文学是无形的、不确定的、在流传中不断改变和加工的；这是一种在民间由老百姓集体创造的文学方式。

由于它来自人民大众的集体创造和集体认同，它直接体现一个民族的精神天地、性情气质和人文传统，也表现全民的文学创造力。它是一个国家或民族极其重要的精神财富。

我国口头文学相传之久、流布之广、种类之多，世所罕见。它包括史诗、神话、故事、传说、歌谣、谚语、谜语、笑话、俗语等。数千年来，像缤纷灿烂的花覆盖山河大地；如同一种神奇的文化的空气在我们的生活中。可以说，每个人都是口头文学自觉和不自觉的携带者和创作者，两个人在一起就有口头文学的传播。但是在农耕文明向工业文明转型时，这种无形的、不确定的文化便最容易丢失，即便丢失也不会知道。谁知道哪个歌谣或传说哪个时候就无人再说和无人再知道了？

所幸我国知识界这种文化自觉来得较早。大型的有组织的口头文学抢救有三次，都是中国民间文艺家协会发起和组织的。第一次是上世纪五十年代（1957年）发动的民歌调查；第二次是自上世纪八十年代（1984年）起在全国展开的《民间文学三套集成》的搜集整理工作，这一工作延伸到世纪末。接着是本世纪初我们展开的这次规模浩大的"中国民间文化遗产抢救工程"。由于这一次突出了遗产性，是从文化视角认识口头文学的，因而对其本质与价值的认识深度就更进一层。口头文学从一开始，就被我们作为了整个抢救工程的重中之重。所以，2009年贵州紫云县麻山地区刚刚发现苗族的大型史诗《亚鲁王》，就马上被我们抓住，并视如珍宝。真没想到，直到今天贵州苗族地区的山重水复之间，还在口口相传一个关于苗族历史源流的几万行的伟大史诗，而且不为外界所知！

然而，几十年来，从田野收集上来的口头文学一直庞杂地记录在各种书稿中。特别是上世纪八十年代搞《民间文学三套集成》

时，以县为单位收集上来的口头文学大多保存在海量的非正式出版物甚至油印本中，一直默默无闻地堆放在民协的资料库里。由于历时久远，存放杂乱，后来查清这些库存的县卷本共5166本，8.4亿字。它使我想起一次在赫尔辛基访问芬兰的民间文学图书馆。芬兰的民间文学搜集与整理的科学性与严谨性是世界一流的。从他们那里我认识到，在高科技时代，最可靠地保存口头文学的方式应当是数字化。老实说，作为作家，民间文学最能牵动我的心。我一定要把这件关系到"中国文学的一半"的事做好。那一阵子我频繁地跑往北京，终于和罗杨、向云驹做出一个决定，启动"中国口头文学的数字化工程"。幸好一些老一辈民间文学的学者还健在，经过反复研讨，制定出口头文学的数据库分类与录入的内容、要点、应用程序——满足使用、研究、查寻、检索和档案化保存的功能与要求。我们聘请的合作单位是汉王科技公司。

我们这项工程进行的成果显著，到了2013年第一期工作基本完成，进入数据库的各类民间文学作品达到8.78亿字。接着我们要做第二期。

这样，我们便把流传千年无形的无序的口头文学，一步步有形而有序地保存下来了。

* 给"义成永"画店传人杨立仁全家开个"家庭会议"。大家一致认同"现在手中收藏的几十块古版一定好好保存，只聚不散，绝不能再失掉一块"

* 《一个古画乡的"临终抢救"》是为这次抢救行动写的一本纪实的书。2011年三联书店出版

因此我说,我们有了中国民间文学的四库全书。

这两项超大工程在民协有做事十分认真的书记罗杨负责,又有得力的人员具体地推动,我只负责总体把握与相关机制的协调,这就远没有当年事无巨细的普查工作的负担那么繁重和具体,因使我得以纵入另一个更大、更深、更为我倾心的漩涡。

我不把一直撂在心里的那件事——古村落保护做起来,不会甘心。

九、我已经成"非人"了

2012年秋天，北京画院的院长王明明约我去他那里办画展，我欣然接受。一是因为我的老师惠孝同先生曾是北京画院的画师，一是这年我七十岁。我五十和六十岁时都用画展自贺生日，但这个"原因"我放在心里没说，因为我不甘心自己已经七十岁。

张贤亮比我大六岁，他七十岁时我开玩笑称他古莱希先生（人生七十古来稀的意思），他不爱听，他认为自己正当年，依然风华正茂。王蒙年长大我八岁，在他七十时曾对我说："你将来到了七十岁时，生命就有感觉了。"可是此时我并没有感觉，身体还挺有劲儿，精力仍旧充沛，可能是被我所干的事逼出来的。况且我还在大学当院长，带博士生。2011年再次连任新一届中国民协主席。虽然中国木版年画普查已经完成，这两年我又给自己压上一些超大的文化项目。老实说，这些必做不可的事也不能叫我老。所以，我给自己在北京画院的画展取名叫作"四驾马车"。不是马拉我，而是自己现在仍在用四匹马的力气拉车：一是文学，二是绘画，三是文化遗产抢救，四是教育。展览上挂着上百幅绘画，几百种创作的和编写的文化遗产方面的书。

开幕式那天来了二三百位文学、艺术、文化与教育界的朋友为我道贺。王蒙和韩美林的讲话随心所欲，让气氛活泼又亲和。周巍峙和王昆夫妇都是从医院赶来的。两位老人并排坐在轮椅上，叫我感动。我知道这是大家对我真心诚意的支持。我喜欢这种好友相聚一起十分温情的场面。生命就是要相互取暖。我事先在自己一生的照片中选了数百张印成上下两本画集，送给朋友们做纪念。画集取名叫作《生命经纬》。经是纵线，我的"时光倒流七十年"，纬乃横线，我并排驾驶的"四驾马车"。经纬交织，是我的人生与生命。展厅里放着的背景音乐是电影《时光倒流七十年》主题所采用的拉赫马尼诺夫的《帕克尼尼主题狂想曲》。我的几位音乐界的朋友都听出我的用意，但我还是没有说自己的"七十大寿"。

我不说，是因为一种潜在的心理，我不能老，还因为有一件更大的事等着做。这件事就是古村落。这件事是我们的心事。

这年春节时，古村落保护的专家阮仪三教授用短信发来他新填的一首词《阮郎归》，书写他心中难耐的忧虑，触动了我，我当即和了他一首。词曰：

> 年来忧心又重重，村村欲变容，你我嘴硬有何用，人做耳边风。
>
> 文人单，弱如蚁，骨软更无力，只缘我辈心不死，相助且相惜。

自西塘会议后，我一边关注和思考着古村落的性质、遗产的元素、面临的问题和保护的方式；一边寻求启动全面保护古村落的切入点。我知道不能贸然行事，它绝不是学界能够单独去做的。我跑了各地不少历史久远、蕴含深厚且异常优美的古村落，但它们像历史的弃物那样被漠视而日益败落，愈败落就愈漠视。同时，城市化、城镇化、新农村建设，又是当时社会的热词。我认真看了当时政府发布的新农村建设的方案，根本没有历史文化保护的内容。一次王蒙打电话给我，说："大冯，你刚才看《新闻联播》了吗？新农村建设的房子设计得都像兵营了。一排排完全一样的小洋楼。"这才引得我写文章大声疾呼"新农村不是洋农村"。我同时激烈地反对刚刚冒出头来的"旧村改造"的提法。这个"旧村改造"无疑是当年城市大开发时"旧城改造"的翻版。我想，应该像当年西塘会议那样，再强化一下学界的声音了。

一度，我们民协与清华大学建筑系研究，打算以合作方式，通过普查来评选"中国古村落代表作"的方式，这实际是发动对古村落做一次全面的盘点。当然这只是盘点，不是保护。对古村落的保护如果没有政府参与，不是政府乃至国家行为，谁也奈何不得。我们想先做自己能做的，即通过"中国古村落代表作"的盘点，把最有保护价值的村落挑选出来，引起国家和政府重视。我们对这次与清华大学的合作充满信心。他们有陈志华、李秋香等杰出的乡土建筑的学者，一生都在做村落调查，掌握着村落物质遗存判断的科学标准，而村落的非遗方面的专家都在我们民协，我们一起合作再好不过了。

为此，我们做了很细致又严谨的普查计划，编制了应用于普查的《工作手册》。我的基金会还决定提供《中国古村落代表作》的出版经费。当时我们设想把普查的启动仪式放在邯郸或安阳。我们对启动仪式的选址很用心，也有一点浪漫。因为这里——上边是河北，下边是河南，左边是山西，右边是山东，象征着我们这次对古村落的普查要向着山河大地的东西南北同时进发。我还准备好一篇文章——《理清我们文化的根》，以说明我们这次普查的理念与目标。

正在紧张筹备期间，国务院发布了《历史名城名镇名村保护条例》，由建设部与国家文物局共同执行。我将这《条例》反复看了几遍，发现条例中不少理念、标准、目的，与我们的"古村落代表作"有相近乃至相同处。为避免重复劳作，我们决定暂缓行动。如果国家做起来了，自然更好，因为国家跟着可以实施保护。

可是两三年下来，我们眼中的古村落却依然故我地败落着。看来《条例》的方式和思路与我们并不一致。《条例》只着眼于有限的一些"名村"，而不是从普查开始，一边盘点，一边筛选。这样，大部分不为人知的有价值的珍贵的历史村落依旧会被"遗忘"在一边，渐渐消亡。怎样才能突破这样的困局？

一个天大的良机终于来到。

2011年9月6日是中央文史馆六十周年的纪念日。

中央文史馆和国务院参事室在人大会堂举行座谈会，总理坐在主席台正中的座位上亲自主持。参事室事先通知我可在会上发言。我报了题目《为紧急保护古村落再进一言》。这种会议的发言是要念书面发言稿的，但我急于要抓住这次直接对总理"诉说"的机会，待到发言，情绪激动起来，书面稿便撇在一边，完全即兴说了。在那种"情真意切"中不免带着对现实尖锐的批评，但是我的发言得到了总理的回应，中国新闻社当场就播发了消息和报道。题目是《温家宝同冯骥才对话古村落保护》，报道是这么写的：

在今天上午举行的纪念中央文史研究馆成立六十周年座谈会上，国务院总理温家宝同一直致力于民俗文化研究的国务院参事冯骥才共同对话古村落保护问题。

温家宝：骥才同志，对保护物质遗产和非物质遗产历来高度重视，做了很多工作，他讲的古村落我相信是他关注的各种应该保护的遗产当中的一部分。我们听听他的发言。

冯骥才：总理，各位专家学者，我特意选择古村落作为今天的话题，是因为这件事有强烈的时间性，因为五千年历史留给我们的千姿万态的古村落的存亡，已经到了紧急关头……

擅长中国民间文化研究的冯骥才为古村落的消失而着急，他对总理道出了目前古村落的现状。

冯骥才：每座古村落都是一部厚重的书，可是没等我们去

* 四驾马车画展开幕式

认真翻阅它、阅读它，在城市化和城镇化的大潮中很快消失不见了。最近，我们对山东地区古村落做了一个调查，调查以后的结果非常吃惊，现今一座完整的原真的古村落也没有了。能想象齐鲁大地上找不到古村落吗？

冯骥才直面问题的症结，一个是商机，一个是不良政绩。他直言，一些地方正打着新农村和城镇化的幌子唯利是图。

冯骥才：所以我们的古村落现在空前的进入一个消亡的加速期。要不是发现一个开发一个，实际就是开发一个破坏一个；要不就是根本不遵从文化规律，而是从眼前的功利出发，改造得面目全非，把真的古村落搞成了假的古村落。

如何让城镇化使中华文化的传承不受损害，是当前一个重大的文化问题。冯骥才提出的问题，引起了温家宝总理的深思。他边听边认真记录，还不时紧锁眉头，好像在为古村落的遗失而焦虑。

温家宝：骥才同志刚才讲了古村落的保护，实际上我们把它扩大来看，就是工业化、城镇化过程中对于物质遗产、非物质遗产以及文化传统的保护。我觉得存在三个问题：

第一，就是现在有些地方不顾农民合法权益，搞强制拆迁，把农民赶上楼，丢掉的不仅是古村落，连现代农村的风光都没有了。农民失去的是土地，这件事情远远超过文化的保护。

第二，就是我们在城市建设中，从新中国成立以来，我们应该吸取的一个很深的教训，就是拆了真的建了假的。大批真的物质遗产被拆毁，然后又花了很多的钱建了许多假的东西。

第三，就是城市的设计不是从这个地区文化的特点出发。这个问题恐怕要引起我们高度重视。

这条消息是在会议中间播发出来的，散会出来后我坐在车上已从电脑上看到三十多家重要的媒体与网站都转载了，晚间过了百家。一下子，古村落保护显著地进入了人们的视野。

柳暗花明了，这次会议可称是古村落保护一个重大转折。更没想到事情进展得飞快，两天后我就接到通知，住建部的领导要来天津与我见面，我感到这件本来极其困难的事情，竟然一下子有了可以切实解决的希望。我准备好一份书面的《关于中国古村落保护的几点建议》，打算交给建设部，所谈都是可操作的事：

从总体看，我以为应分两步来做。

第一步是调查与认定。

第二步是建立保护体系与相关法规。

调查与认定

一、调查

1.调查范围包括为中国境内各地区各民族的古村落。古村落不是所有村落，是有重要历史价值与文化遗存的村落。为此，对古村落要率先做出明确和科学的界定。

2.建设部、国家文物局和各省文物部门、文化部非遗司和各省市文化部门、中国民协抢救办，以及一些相关大学的建筑学院和建筑系如清华大学、同济大学、天津大学等多年调研所掌握的信息和资料，是此次调查的重要基础。

3.古村落是物质和非物质文化遗产的综合体。它一方面拥有十分珍贵的物质文化遗存，同时它又是极为重要的非物质文化遗产的生命载体。调查要从物质与非物质的文化遗产两方面入手，整体进行。

4.调查要制定统一标准与科学尺度，统一的要求、程序和手段。少数民族的古村落调查标准也要一并统一起来。

5.建议由建设部牵头。因为文物局主管物质遗产，文化部主管非遗。而古村落是活态的生活社区，还牵涉其发展的问题，建设部主管为宜。

6.鉴于这件工作学术性强，文化含量高。建议组成专家委员会。专家包括历史学、文化学、建筑学、民俗学、民艺学、人类学、遗产学等多方面专家。由专家制定、论证与决定。

7.调查以省为单位。

8.工作分期进行。第一时间段应为三至六个月。

二、认定

1.采取为两级认定。省一级与国家一级。先由省一级专家论证后确定，再经国家一级的专家认定才是最终认定。

2.认定古村落的过程必须严格。要在专家充分研讨基础上，经过几轮投票来确定，保证科学性。同时在网上公示，以引起国民的关注与参与意识。

3.已列为国家文物局"重点文化保护单位"和列为"国家非物质文化遗产名录"的非遗所落户的村落，应为当然的古村落。

4.建议建立"中国古村落保护名录"。专家认定，国家批准的古村落为国家重要的农耕文明创造的财富，是中国人世代引以为自豪的文明硕果。名录分批公布。

5.为确定的古村落科学立档和绘制《中国古村落分布地图集》。

6.认定工作在调查工作开始三个月后进行，第一批认定的名单应在六个月内确定。

建立保护体系与相关法规

对调查与认定后的古村落建立相关的保护体系，包括保护法规、确定责任人和监督机制。法规制定的依据是国家《文物法》与《非遗法》。由于古村落是物质与非物质文化遗产的综合体，应兼用二法。

制定保护法规为第二步工作。需要时，再另做具体建议。

我写得很具体、明确、可行。这都是从我多年的调研与思考中得来的。还有一点我很清楚，要想把事情切实和如愿地推动起来，必须要使我们的想法能在现在的体制中可行。

9月9日住建部乡镇司赵晖司长等一行人来到学院，大家很热情地见了面，我把《建议书》给了他们，说明这只是一己之见，仅供参考。

　　住建部乡镇司很快投入古村落保护国家立项的实际工作中来。他们非常了解村落，做事认真严谨，在与我研究项目名称时，他们认为古村落是一个模糊概念。何谓"古"？时间难以界定。他们提出"传统村落"的概念。经过认真思考，我认为这个概念是科学的、确切的、有创造性的。传统不仅表示有深厚的历史遗存，还表示世代的传续，于是"古村落"就被更名为"传统村落"。

　　2012年4月由国家的四部局委——住房和城乡建设部、文化部、国家文物局、财政部联合启动了中国传统村落的调查，并把盘查家底列为工作之首要；表明了这一全国性的文化举动所拥有的气魄、决心与负责的态度。这项工作推动得积极有力和富有成效。四个月后，通过各省政府相关部门组织专家的调研与审评工作初步完成，全国汇总的数字表明我国现存的具有传统性质的村落近一万二千个。9月四部局委成立了"传统村落保护和发展专家委员会"，众多规划、建筑、文化、民俗、非遗等学者进入其中。我被聘为主任委员。同时决定建立《中国传统村落名录》，并印发了《传统村落评价认定指标体系》，很快便开始审批第一批传统村落了。评定的着眼点为历史建筑、选址和格局、非遗三个方面。从

　　而，散布在祖国山川大地间千姿万态、蕴藏深厚又日渐衰败的古老村落，得到登堂入室般的命运转机。中国的传统村落将作为中华民族的历史财富，进入国家的保护范畴，这是文化史上一件非凡的大事。我们的一个悠长的难以企及的梦想竟然这么顺利地成为现实！

　　我知道此时学界主要的工作，是要帮助政府在工作上遵循科学，避免走弯路。于是，民协在我的学院里建立了传统村落保护和研究中心，为一批批被列入国家名录的传统村落建立档案。中国村落最大的问题是没有村史，即使名村名镇也没有详备的文字档案和相关的文献，村落的历史一半还凭借着口头记忆与传说。我们中心于2013年制定档案的体例，编写并出版了《普查手册》，就像十年前民间文化遗产大普查启动时那样。传统村落的"立档调查"开始了。

　　可是，此时的中国社会，与十年前做民间文化遗产抢救时已经完全不同了。有了钱财的社会在精神上变得不纯粹了。人们缺少了文化热情，更多是产业热情。连我在文联和民协推动工作都感到吃力了。吃力不是外部条件，而是我们的自身。当人的问题泛及全社会，新的麻烦和困惑又把我们笼罩。特别是一个老村子被列为传统村落，它就有了产业资源和开发价值。资本与开发商就会一拥而

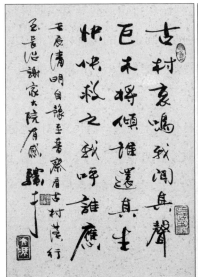

← 在山西平顺谢家大院写下的"呼声"

→ 《中国传统村落立档调查田野手册》

上，致使村落按照消费需要而改头换面。传统村落马上又面临新一轮的冲击。

面对新问题，我们就要组织各种论坛讨论这些异象，明辨是非，纠正现实；还要不断地去那些已经确定了的传统村落跟踪调查。当然，问题的复杂性远不止于这些，更不是我们所能解决的。

2012年11月27日，我在《人民日报》上发表一篇长文《传统村落的困境与出路》，就传统村落性质、历史与现状，以及保护的几个关键问题发表我的一些看法。这时正是国家传统村落保护工作启动的初期，我认为无论是学界还是政府，对于这些关键问题必须有清醒的共识。

我首先谈传统村落保护的必要性与紧迫性。我给出一个最新调查统计的数字：在进入二十一世纪（2000年）时，我国自然村总数为三百六十三万个，到了2010年，仅仅过去十年，总数锐减为二百七十一万个。十年内减少九十万个自然村。它显示村落消亡其之势的迅猛和不可阻挡。

在谈到村落如此巨量消失的原因时，我认为，一是城市扩张和工业发展突飞猛进，大批农民入城务工，农村的劳动力向城镇大量转移，致使村落的生产生活瓦解，空巢化严重。二是村落生活长期滞后，穷困艰苦。城市优越的生活方式，成为愈来愈多新一代农民的向往与选择。许多在城市务工的新一代农民，已在生活舒适的城市安居和定居，村落的消解势所必然。三是城镇化。城镇化是政府行为，拆村并点力度强大，所向披靡；它直接致使村落消失。这也是近十年村落急速消亡最主要的缘由。

这年我从开封到山西，刻意选择通过新乡去往长治晋中这条路线，目的是穿越太行山，看看那里的山村。未料到许许多多山村都已是空村。山民弃村而去，屋门大都敞着，空荡荡的屋里只有大堆干枯的落叶——被风吹进屋的落叶是不会自己出来的。在晋城的一座古村谢家大院，已然空无一人，形同废墟。几个古村落的保护人士问我该怎么保护？几个房地产商问我如何开发？一位保护人士拿个本子和墨笔叫我写上两句，我写道：

> 古村哀鸣，我闻其声，
>
> 巨木将倾，谁还其生，
>
> 快快救之，我呼谁应？

　　在由农耕社会向工业社会的转型中，村落的减少与消亡是正常的，世界各国都是如此；城镇化是农村发展的重要方向与途径，世界也是这样。但不能因此，我们对农耕文明的财富就可以不知底数，不留家底，粗率地大破大立，致使文明传统及其传承受到粗暴的伤害。

　　传统村落的消失还不仅是灿烂多样的历史创造、文化景观、乡土建筑、农耕时代的物质见证遭遇到泯灭，更是大量从属于村落的民间文化将随之灰飞烟灭。

　　传统村落还有另一层意义——它是许多少数民族的所在地。他们现在的所在地往往就是他们原始的聚居地。他们全部的历史、文化与记忆都在他们世袭的村寨里。村寨就是他们的根。少数民族生活在他们的村寨里，更生活在他们自己创造的文化里。如果他们传统的村寨瓦解了，文化消散了，这个民族也就名存实亡，不复存在。关系着一些民族存亡的事还不是大事吗？面对着每天至少消失一百个村落的现实，保护传统村落难道不是一件逼到眼前攸关中华民族文化命运的大事？

在发表在《人民日报》的那篇文章中，我还对传统村落的文化本质进行探讨。我认为传统村落——尤其在中国应是另一类文化遗产。

当今国际上把历史文化遗产分为两部分：一是物质文化遗产，一是非物质文化遗产。在人类历史的转型期间，能将前一阶段的文明创造视作必须传承的遗产，是进入现代文明的标志之一；这时间并不很久，不过几十年，而且是一步步的。从国际性的《雅典宪章》（1933年）、《佛罗伦萨宪章》（1981年）到联合国教科文组织的《保护历史城镇与城区宪章》（1987年）和《保护非物质文化遗产公约》（2003年）可以看出，人们最先关注的是历史遗址和城市的文化遗存，而后才渐渐认识到乡镇蕴含的人文价值。然而在联合国各类相关文化遗产的文件中，我们只能见到一些零散的关于传统村镇保护的个案与理念，没有整体的保护法则，更没有另列一类。至今还未见任何一个国家专门制定过关于传统村落保护的法规。而且，传统村落又是与现有的两大类——物质与非物质文化遗产——大不相同的另一类遗产。其原因：

第一，它兼有着物质与非物质文化遗产，而且在村落里这两类遗产互相融合，互相依存，同属一个文化与审美的基因，是一个独特的整体。

第二，传统村落的建筑无论历史多久，都不同于古建；古建属于过去时的，乡土建筑是现在时的。所有建筑内全都有人居住和生活，必须不断的修缮乃至更新与新建。所以村落不会是某个时代风格一致的古建筑群，而是斑驳而丰富地呈现着它动态的嬗变的历史进程。对于这一遗产的确认和保护的标准应该专门制定和自成体系。

第三，传统村落不是"文保单位"，而是生产和生活的基地，是社会构成最基层的单位，是农村社区。它面临着改善与发展，直接关系着村落人民生活质量的提高。保护必须与发展相结合。这在另两类文化遗产——物质和非物质文化遗产中，显然都没有这样的问题。

第四，传统村落的精神遗产中，不仅包括各类"非遗"，还有大量独特的历史记忆、宗族传衍、俚语方言、乡约乡规、生产方式等等，它们作为一种独特的精神文化内涵，因村落的存在而存在，并使村落传统厚重鲜活，还是村落中各种非遗不能脱离的"生命土壤"。

我认为，从遗产学角度看，传统村落是另一类遗产。它是一种生活生产中的遗产，也是饱含着传统的生产与生活。为此，对它的保护是一个巨大的难题，一个全新的课题。在认识上、学术上、国家战略上都具有挑战性。

在这篇文章中我还谈到对于国家确定的传统村落必须做的事。包括立法保护，监督机制，专家参与，保护方式，村落生活设施的现代化，生产资源的保证，旅游利用，原住民的文化自觉，少数民族村落的特殊性等方方面面。

关于传统村落的保护，有一点与非遗保护是相同的，即在进入名录之后真正的保护工作才刚刚开始，而绝不是结束。由于这种事情没有先例，缺少经验，无可借鉴；再加上各种压力——经济的、政绩的、旅游的、认识上的、急功近利的等等。何去何从，无所适从，历史的重担便会一直压在肩上。一个拿掉，一个压上。

写到这里，我发现，我的这部自传性的书已经渐渐由"生命史"转化为"思想史"了。回想最近这几年，我已经没有七情六欲的生活感受了，没有一己悲欢，没有雪夜晨花，没有琴棋书画。2013年之后我甚至很少画画或写散文了。这两年我只剩下两种"私人的笔墨"：

一种是偶有一点时间的碎片，就在存藏多年的各色的老笺纸上，书写一些片言短语，间或小诗，孤芳自赏；另一种便是在身边的茶几、案前、床头，放着一些小本本，好随手记下心中偶得，大都是诗性的句子，颇似纪伯伦的《先知》。我很珍惜自己这一点仅有的文字和心中的金银绯紫，就交给出版社出版了。前一种是在中华书局出版的《心居清品》，后一种是在三联书店出版的《灵性》。这就是我如今的"文学创作"么？我不想失去生命中灵动又时而沛然的意趣，却无法改变。特别是进入了传统村落的保护问题、存活问题、旅游带来的商品性异化与破坏的问题时，立时陷入焦虑；再加上大量要编制的计划、程序、学术性的工作标准以及各类档案的审定，我完全变成一架不能停歇的思考的机器。我已经成"非人"了。在我周围人的眼里，我是不是一个非常乏味的思想动物？

我的一位老朋友对我说：

"如果现在你撂下挑子没人指责你。因为你已年过七十。"

我只能说，我做的事与年龄无关。

2012年春天法国人文基金会邀请我去巴黎做一个演讲，题目是《中国文化遗产的困境与知识界的应对》。我从中国社会急转弯式的转型与文化遗产遭遇的特殊性与紧迫性，十年来中国知识界的思考与应对，以及不断面临的新问题，一直谈到"传统村落保护是今后十年的关键"。在演讲后交流阶段，来自法国科学院、文化部门、一些大学的学者对我讲的话题相当关切，交流的话题也都很关键。我最后讲道：

"十年前我从巴黎回国，那年六十岁，我启动了民间文化遗产的调查。十年过去，这次从巴黎回去，我七十岁，又要开始传统村落的调查……怎么，你们不信我七十岁？"

显然，他们看我的样子挺精神，不像七十岁。我笑了，说：

"我也常常忘了自己的年龄，但忘记自己年龄的人是永远年轻的。"

他们用微笑和掌声鼓励我。

我还讲过阿·托尔斯泰写过的一个故事。一个落入奶罐里的小老鼠，拼命地挣扎，挣扎，挣扎，忽然奇迹出现了，由于他的挣扎和不停扰动，牛奶最终变成了奶酪。它获得了新生，还有香喷喷的奶酪吃。

我们能够挣扎出奶酪来吗？还会是香喷喷的吗？

十、重返后沟村

这个结尾一笔拉得有些长。我原本要把这本书结束在2013年。但为什么最后一笔跳到了2015年？只为后沟村。

我在2011年讲过一个概念叫作"非遗后时代"。就像我在1990年对当时的文学提出过"后新时期"的概念一样。到了2011年，我感到我们的民间文化遗产（非遗）抢救进入了一个新阶段。因为这时国家非遗名录已经公布三批，超过了一千项。最基层的县一级的非遗也基本查清了。如果每一个县有哪些民间文化都查清了，中华大地上的民间文化遗产就全清楚了，做到了"盘清家底"，而且全部进入了国家的保护范畴。接下去保护得怎样，主要看国家和地方政府了。

历史是一步步、一个个阶段向前走的。每个阶段都有自己的目标。在二十一世纪的头十年里，转型期中国的文化走出了重大的一步。一是盘清了民间文化遗产（非遗）的家底，二是非遗保护进入国家大政方略，三是公众有了公共遗产的意识，四是非遗研究进入学界。现在应该考虑"非遗后时代"我们做什么了？我以此为题写过一篇文章，发表在《人民日报》上。这文章也是给我自己写的。

此时，我渐渐萌生一个想法：回到后沟村看一看。那里是我们十多年来波澜壮阔的文化抢救的起点和原点。对于那里，我们心里会常常有些怀念，这是一种文化的乡愁吗？

可是这时，又一个超大的工程传统村落保护开始了。面对着所知甚少的散布在大地上的二百多万个村落，要做的事和必需思考的问题太多，来不及回头看了，只顾一个劲儿地往前奔。

直到2015年，传统村落的认定与保护步入正轨，一批又一批神形各异、有重要价值的古村落井然有序地进入了国家名录，我那个重返后沟村的念头便又深情地滋生了出来，种种留在记忆深处的那个晋中桃花源的画面，不时浮上心头。

2015年6月我先跑到河北省沙河参加"全国传统村落立档调查工作经验交流会"，考察了邢台地区的王硇、大坪、绿水池等几个充满燕赵精神的苍劲的老村子。随即驱车前往晋中榆次，上后沟村。这时，事先约好的几位专家——十年前一同来做采风调查专家小组的成员乌丙安、向云驹、潘鲁生、乔晓光、樊宇、李玉祥等都已从四面八方赶到，大家见了分外亲切，也感慨万端。特别是看到一直清晰地留在心中的这里的山水人文，风物种种，依然故我。这村子怎么一点也没变，保护得如此美好？难道我们的"遗产观"也一直留在这儿吗？

十几年前，我还在自己生命的五十年代（我五十九岁吧）。当我们一起走进这个小巧精致、依水环山、人文浓厚、世外桃源般的小山村，便如醉如痴地迷上这里。我们每个人都深深记得那次考察的经历——当时的惊讶、兴奋、激动，种种动人的细节，还有有声有色的故事。这个小小的五脏俱全的村落里，一切农耕社会的文化几乎应有尽有。我们便用这次考察的资料为基础，写出了抢救工程的《普查手册》；这本小书十多年来一直被我们使用着，成为我们进行旨在"盘清文化家底"的全国性田野普查的科学工具。

大家叫我在村中那个老戏台前讲几句话时，我往戏台前一站，就感觉自己好像钻进时光隧道里，回到世纪初。我动了感情，说：

后沟村一开始就帮助了我们。这里是我们的一个起跑点。

人生也好，事业也好，会有无数次的起跑。但这次起跑是非凡

* 全国传统村落立档调查工作现场经验交流会（河北邢台）

的。它是中国文化界一次集体的自发的起跑，为抢救自己濒危的文化遗产而发起的一次义不容辞的集体行动。

近百年来，这种集体的文化行动有两次。一次是1900年首都文化界知识分子为保卫敦煌藏经洞宝藏而发起的可歌可泣的集体抢救行动。另一次是2000年社会转型期间，农耕文明受到空前冲击时，有历史责任和文化眼光的知识分子及时向自己母体的和根性的文化伸以援手。每个时代的知识分子都有自己特定的时代使命。我们与上一代知识分子不同的是，到了我们这个社会转型的时代，民间文化有了遗产的性质。性质变了，我们就要重新认识它。因此，我们启动了民间文化遗产的全面普查。这次普查历时十余年，参加者数以万计。这在中国文化史上是空前的。这一行动的意义已超出其遗产抢救的本身，一方面，它得到国家和政府的支持，成为国家的文化方略；一方面，它得到公众的理解与呼应，唤起了全社会的文化自觉。在今天文明的传承已成为全社会的共识；人们明白了，历史是未来的根基。

十余年来，我们无论身在何方，手做何事，都不曾忘却对后沟村的一份思念。事物的原点总是最具魅力的。我们渐渐感

* 在后沟村戏台前

* 当年（2002年）来做抢救工程采风调查的专家们重聚一起

到——后沟村像自己的一个故乡。

今天我们回到后沟村，不只是感物时伤，不只是怀念难忘的迷人的风物，更是为了重寻自己留在这原点中的足迹。重寻与重温昨日的激情。我们怀念往日的激情，怀念那个困难重重的时代身心犹然发烫的感觉。我们怕丢掉昨天的自己，那种自己对文化的赤诚，我们自己身上的正能量。因为我们的道路永远像一篇长长的写不完的文章……

跟着我又说出自己最爱说的那句"口头禅"：

只有逗号，没有句号。

当天下午我们又在榆次开了一个总结会。所有发言都发于心，精彩又深切。会上还发布了由我院的一位博士祝昇慧编制的《中国民间文化遗产抢救工程档案2001—2011》，厚厚的两册，沉甸甸的，装着十多年来我们行动的足迹和思想的轨迹。会上尤其令我触动的是乌丙安先生讲到要对自己的文化抱有情怀。我前边几次谈到自己"作家的情怀"，其实真正的学者也是拥有情怀的。什么是情

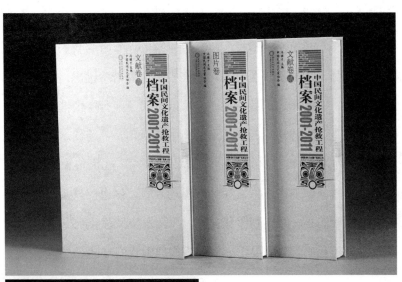

* 《中国民间文化遗产抢救工程档案》，
冯骥才文学艺术研究院文学研究室编制

怀呢？是一种爱，一种比个人的爱更大的爱。我忽然联想起一次在清华大学，与建筑系的教授们研究古村落的调查时，我们都感到困难重重，势单力薄，求援无助，发言中不免都带着忧虑。坐在我身边、年过八十的陈志远教授在一小块纸上写了两行字悄悄给我。我一看，竟是艾青的诗《我爱这土地》中的两句："为什么我的眼里常含泪水？因为我对这片土地爱得深沉……"这两句我早知道的诗，那一瞬间却那么强烈又深刻地感动着我，好像一只柔软又有力的手抓住我的心；我感到浑身震颤，浑身发烫又浑身冰冷。

　　谁理解我们？不需要了。只要我们理解我们自己。

2018年4月11日上午初稿

2018年5月定稿

附 文

文化责任感

责任感这个词儿已被当今文学界所厌倦。以流行的看法，它像绳索——如果出于作家自身，写作就会如同自我捆绑起来，不得轻松、难以随心所欲、呼风唤雨地过把瘾；如果是来自某某人的要求呢，则是外加的束缚，更谈不上写作的自由了。于是，责任感几乎被当今文学推出门外。以致八十年代初那种"为民请命"的作品，干脆被定性为非文学。

前不久，牛津大学一位博士生写来一大堆问题叫我回答。其中一个问题是，中国作家太注重责任感，因此扼制了艺术创造。问我是否如此。看来，整个世界的文学都讨厌责任感了。

可是，到底什么是责任感呢？

中国作家大喊责任感是在"文革"刚刚终结的七十年代末。之所以这样大声鼓噪，首先是为了使文学对社会生活有"说不"的权利——是为了文学的自由，而不是不自由；同时还为了唤起同行，唤起良知，以笔为旗，以笔为矛。在那个时代，文学的责任感主要是社会责任感，因为那时社会问题压倒一切。倘有人弄些唯美的，再高超也不会被理睬；虚无飘渺的武侠言情更会被人们弃置一旁。尽管那种充满责任感、充满激情的文字，常常直白表露，但这样的写作，是发自内心的呐喊，一样会有进入自由状态的快感，让人"过瘾"，只不过不是在玩文学。因为它神圣地充溢着社会良心。

不要把那个时代文学的直白归咎于责任感。直白恐怕正是那时代的一种需要。于是，我对那位牛津的博士生说——

责任感说到底是一种社会良心。当然作家写作的出发点不应该只是简单地出自良心或责任；而责任也并不单是社会责任，它还具有深广的内涵。人道主义同样是一种责任。再有，文化责任感也是一种社会良心。更准确地说，应叫做文化良心。

正像八十年代初我关注畸形社会中种种小人物的命运一样，进入九十年代后，我特别关注在急速现代化与市场化中文化的命运。一方面，由于文化问题跑到台前，变得紧迫和危急；另一方面也许由于我是文化人，便自觉地关注甚至关切文化本身。如今，现代化的负面造成的生态环境与资源的问题，愈来愈成为人们关注的焦点，但文化——比如正在被大规模的"城改"所涤荡的城市的历史文化性格问题，至今依然被漠视着。可以说，每一分钟里，我们的城市中都有大批文化遗存在推土机的轰鸣中被摧毁。历史遗存和原始生态一样，都是一次性的；一旦毁灭，无法生还。生态关乎人的生存，所以容易被看到；文化关乎人的精神，就常常不在人们的视野之中。在当前城市正走向趋同化的飞速演变中，我相信自己的一种可怕的预感，即三十年后我们祖先留下的千姿百态的城市文化将会所剩无几。清一色全是高楼大厦。这是多么迫在眉睫又水深火热的文化问题！文化的魅力是个性，文化的乏味是雷同。那么，为此而呼，而争，而辩，而战，不应是我们的责任？

责任感是一种社会承担。

你有权利放弃这种承担，但没有权利指责责任——这种自愿和慨然担当的社会道义。为了强调这种文化责任，我更愿称之为文化良心。

我们这个自诩为文化大国的国家，多么迫切地需要多一些虔诚又火热的文化良心！

1999年12月11日

到 民 间 去！

面对着全球性的流行文化狂潮的冲击，我们何去何从？我们不能总是一边抱怨这种麦当劳式的快餐食品，无益于精神的强健，一边又手足无措。我们的文化正在迅速的粗鄙化；逐渐在失去自我的重心与文化的尊严。就像沙尘暴肆虐的日子——我们只是关上窗子和戴上口罩吗？

我们应该从哪里做起？

毫无疑问，我们应该回到我们的根上，回到我们文化的根基与原点上，回到我们的母体文化中。只有在那里，才能找到我们鲜明的文化个性，我们的文化血型，以及骄傲和自尊的依据。其实，这是世界所有先发的现代化国家早已经明白的道理。无论是法国人还是日本人，都怡然自得地生活在自己的文化传统上。而我们的作家，却今天把自己化妆为马尔克斯，明天克隆出一个或几个昆德拉；而文化市场上今天刮"台风"，明天又闹"寒（韩）流"。

　　我们自汉唐以来的那种雍容大气，雄厚与深邃，跑到哪里去了？难道我们就用当前这种轻飘飘、眉目不清、大杂烩的文化与世界碰撞吗？

　　可是，当我们回到自己的文化中，就会强烈感受到它的困境。尤其是民间文化。它正在遭受冷遇、歧视、破坏。正在濒危和消亡。我们的文化根基不但被动摇着，而且已经松动与瓦解。等到全国的城镇盖满了小洋楼之后，我们的文化就会无所凭借！

　　于是，刻不容缓的首要的使命是抢救。

　　民间文化的传衍性质是口传心授。它一直是以接力的方式一代代传承下来。只要中断，便是终结。因此我说，我们当代文化人的一个时代性使命，就是抢救。那就是将于今尚存的文化遗产，不论是活态的还是濒危的，都要进行彻底地普查与盘点，严格和细致地分类与整理，把它们牢牢掌握起来。如果我们不做，后人就会永远失去这笔巨大而珍贵的文化遗产；而我们做了多少，后人就会拥有多少。

　　为此，我们的口号是：到民间去！

　　我们不能一边在城市里指责流行文化的横冲直撞，一边坐等着自己母体文化的消亡。暂时先离开我们的书斋吧。在广阔的田野和乡村里，我们一定会被母体文化的困境激起强烈的救助之情；也一定会感受到中华文化鲜活而迷人的生命力。

我们一代文化人的书桌应该是大地；我们身上寻呼机的号码应该是120；而手中的笔从来都是我们的心。

如今，这项工作也在燕赵大地上开始。许许多多文化人已经走向民间。他们的文化责任感令我们钦佩。我们希望更多的人加入他们的队伍——到民间去！回到母体文化中去！

因为，养育了我们的母体文化现在需要我们。

2003年8月19日

思想与行动

在巴黎罗丹纪念馆静谧的院中，我举着一把黑布伞凝视着那座世人皆知的思想者雕像。细密的秋雨淋着他铜绿色赤裸的肩背，亮光光寒冷的雨水沿着他的臂膀和手流到双腿上，但他一动不动，紧张的思想使他忘却一切。于是，在我眼里，它不再是一个沉思的人，而是思想本身。它是拟人化的思想形象。

《思想者》是对思想的颂歌。

人类社会只要还在进步，就需要思想。人类靠着自己的思想穿过一道道生活的迷雾从历史走到今天。但今天的迷雾只有靠今天产生的思想廓清。上世纪身陷于贫穷的中国人不可能有当今被淹没在物欲的汪洋大海中的困惑。因此一切真正有价值的思想都来源于对现存世界的怀疑。它的本质，即是批判性的，又是创造性的。思想永远是一种先觉的社会理性。

思想是被现实的困境逼迫出来的。它不是空想连翩与向壁虚构。它与活生生的现实对话，还一定要作用于现实之中，影响和改变现实。那么谁是思想的实践或实现者呢？

在历史上用行动去完成自己思想的人大多是政治家。或许有人说，政治家可以使用手中的权力，文化人手中却只有一枝笔。所以在常人眼中，文化人只能是发发议论和牢骚、大声呼吁乃至做个宣言而已。可是，晚年的托尔斯泰为什么要离开在亚斯细亚波利纳亚庄园极其舒适的生活，频繁而焦灼地介入社会事件，甚至去做灾民调查？他似乎连文学也放弃了。

思想是现实的渴望。它不是精神的奢侈品。它必需返回到现实中去。最好的实践者是思想者本人。特别是我们关于经济全球化中本土文化命运的思考，一直与本土文化载体的大量消失在同一时间里。我们等待谁去援救那些在田野中稍纵即逝、呻吟不已的珍贵的本土文明？所以行动者一定是我们自己。

这不是被动的行动。它是思想的一部分。

所以我说，我喜欢行动。不喜欢气球那样的脑袋，花花绿绿飘在空中。我喜欢有足的大脑，喜欢思想直通大地，触动大地。不管是风风火火抢救一片在推土机前颤抖着的历史街区，还是孤寂地踏入田野深处寻觅历史文明的活化石。唯有此时，可以同时感受到行动的意义和思想的力量。

行动使我们看到自己的思想。充实、修正和巩固我们的思想。我们信奉自己的思想，并不是狂妄自大和自以为是，而是因为这些思想在现实中得到一次又一次的验证与吻合。这一切都必需经过自己的行动。

因此多年来，我一直是边思考边行动。我喜欢这样的感觉：

在行动中思考。使思想更富于血肉，更具生命感。随时可以在思想中触摸到现实的脉搏；

在思考中行动。使足尖有方向感，使行动更准确和深刻，并让思想在现实中开花结果。

2004年5月23日

请不要糟蹋我们的文化

我们必须正视：一种文化上自我糟蹋的潮流正在所向披靡。

我们悠久历史养育和积淀下来的文化精华，尤其那些最驰名、最响亮、最惹眼、最具影响的——从名城、名镇、名街、名人、名著，到名人死后的墓室和名著里出名的主人公，乃至列入国家名录的各类各种文化遗产等等，都在被浓妆艳抹，重新包装，甚至拆卸重组，再描龙画凤，披金戴银，挤眉弄眼，招摇于市。

那些在"城改"中残剩无多的历史街区，忽然被聪明地发现，它们竟是一种天赐的旅游资源。已经拆掉的无法复原，没拆的虽然不再拆了，但也难逃厄运——全被开发成商业风情街——实际上是风情商业街。更糟糕的是被世人称作"最后的精神家园"的古村古镇，正在被"腾笼换鸟"，迁走原住民，然后大举招商，一个个被改造成各类商铺、旅店、农家乐、茶社和咖啡屋混成一团的"游客的天堂"；在这天堂里连一间见证历史的"博物馆"也没有，导游讲的故事传说不少是为吸引游人而编造的伪民间故事。至于各种名人故居，大都是找来一些与其主人毫不相干的红木家具、老瓶老壶、文房四宝，三流字画，不伦不类地摆一摆，好歹布置个模样；没人拿"名人"的"人"当回事，只拿"名人"的"名"当回事。还有那种原本安慰心灵的寺庙，无一例外全成了世俗的闹市。至于种种文化遗产，更是这种热热闹闹重新"打造"的对象。其中的历史内涵、文化意蕴、本土气质和个中独特的精神跑到哪去了？没人管也没人问。

有人说旅游原本就是走马观花的快餐文化，用不着太认真。那么，就再看看我们影视中的历史文化吧。

我们的历史名人只要跑到银幕和荧屏上，不论明君重臣，还是才子佳人，大都多了一身好功夫，动不动大打出手，甚至背剑上房。他们好像都活在时光隧道里。虽然身着古装，发型和配带却像时尚名模；没有切确的朝代与地域，一切衣食住行的道具、物品和礼俗全是胡编乱造；有个老样子就行，或者愈怪愈好，历史在这里只是被借用一下名义，一个空袋子，任什么乱七八糟、炫人耳目的东西都往里边塞。

一边是真实的历史被抽空内涵，只留下躯壳，再滥加改造；一边是荒诞不经和无中生有的伪造——这便是当今国人眼中的历史文化。

经过这样的粗鄙化的打造，在人们眼里，古村古镇无非是些年久失修的老房子，名人故居不过是名人在世时住过的几间屋子，庙宇都是烧香叩头却不知灵验不灵验的地方，历史上的人物全有几招花拳绣腿，全离不开男欢女爱，全不正经；没有庄重感、神圣感、厚重感，甚至美感。我们不是把中华文化博大精深挂在嘴边吗？如今国人从哪里能够感知这种博大精深？只能去一座城市才有一个的博物馆吗？

文化不精不深，怎样可能"做大做强"？真正强大的文化一定又精又深。比如唐诗宋词、维也纳的音乐、俄罗斯文学和美国电影。只有在精深的文化中，才会有大作品和大家的出现，社会文明才能整体地提高。

问题是当下这种鄙俗化的潮流，这种放肆的粗制滥造，这种充满谬误、以假乱真的伪文化，正在使我们的文化变得粗浅、轻薄、空洞、可笑、庸俗，甚至徒有虚名。一边有害公众的文化情怀和历史观，一边伤及中华文化的纯正及其传承。我相信，在这样文化环境中成长起来的一代，很难对自己文化心怀挚爱与虔敬。如果我们不再深爱和敬重自己的文化，再伟大的文化不也要名存实亡？到底什么动机与力量使这种潮流正在变本加厉？我想应当一句话戳穿，即以文化谋利。为了赚钱发财，为了GDP。GDP是衡量政绩的尺度——这也是问题的关键与症结之一。

任何事物进入市场，就不免受到市场规律的制约，不免依照消费需求和商业利益调整自己。但调整是科学调整，不能扭曲甚至破坏自己去换取经济利益，就像自然资源的开发不能破坏生态。文化更具特殊性。因为文化的最重要的社会功能是精神功能。它直接影响着社会文明与全民素质。不能为了畅销、热销、票房、上座率和收视率成倍增长，为了市场人气攀升，为了利润的最大化和"疯狂的GDP"，而放弃文化固有的精神的准则。即文明的、知识的、道德的、真善美的准则。这准则也是文化的尊严，这尊严一旦被践踏被玷污，文化也失去它存在的意义。因为被糟蹋的文化反过来一定还会糟蹋人的精神。

由此说，问题真正的要害——不是拿文化赚钱，而是糟蹋文化来赚钱。还有比这样赚钱更无知、更野蛮吗？

当社会文明素质上升时，愈美好的东西愈有市场；当社会文明素质低下时，愈鄙俗的东西愈有市场。为什么我们为赢得市场和收视率就去迁就低俗，甚至不惜糟蹋我们的文化？

我们是否听到我们的文化正在呼叫：不要糟蹋自己的文化了！

任何有文化良心的人，都不能回避这个声音。

2010年8月15日

沉默的脊梁

人身上最承重的是脊梁。但脊梁隐藏在后背里看不见。它终日坚韧地弯成弓状，默默地承受着背上沉重的压力。有时，在过重的负担下脊骨会发出咯吱一响。可是只要脊梁不断，便会把任何超负荷的重量扛住。从来没有一个人的脊梁是被压断的。

本图集的人物全是这样。它们是民族文化事业的脊梁。当全球化的飓风把我们的文化遗产吹得纷飞欲散之时，这些人毅然用身体顶上去。他们不在世人们关注的范围内，故而既没有迎面送上来的香喷喷的花束，也没有频频的闪亮的曝光。他们远离繁华闹市，身在荒野或大山之间，孤立无援，形影相吊，财力微薄，却倾尽个人之所有，十数年乃至数十年如一日，为民族抢救和守候住一份实实在在的灿烂的遗产。如果没有他们，明日的中华文化版图将会出现许多永远无法弥补的空白。

他们以舍我其谁的精神，把整个民族的文化使命放在自己背上。他们是用身体做围栏，保护着我们的精神家园。这种行为有如文化的清教徒。所以他们不求闻达，含辛茹苦，坚韧不拔，默默劳作。然而，今天我们把他们推到社会的台前，不只是为他们鸣冤叫屈，呼唤公平，而是张扬一种为思想而活着的生存方式，一种对文化的无上尊崇的感情，一种被浅薄的商业化打入冷宫的高贵的奉献精神与使命感。

本图集中这些当之无愧的文化守望者，有的与我早早相识，一直是我钦敬的朋友；也有的东西南北各在一方，心仪已久，却无缘相见。不管对他们知之或深或浅，这次仔细读了他们的事迹，仍为他们非凡的文化行为和卓然的业绩深深打动。由此深信在我国首个文化遗产日里，他们将以强大的感召力和人格魅力，呼唤出更多的文化良心与文化情怀。

由于民间文化守望者都是沉默的行动者，我们知之不多，挂一漏百，在所难免。故此，深望本图集将引起社会关注这真正的精神一族和文化一族，让整个社会都能感到脊梁在为我们负重和使劲，并促使各种力量汇集到民族精神的脊梁中来。

2006年5月于天津

十三年来，我们想了什么？

各位同志，各位学者：

我把今天下午的会议看得特别重要。

实际上今天上午的会议是一个仪式，是一个纪念，是我们对十三年来全国的民间文化普查的一个结束性剪彩。我上午没有用"结束"这个词儿，但实际上这个全国性民间文化（非遗）的大普查基本上结束了，因为我们国家已经掌握了全部的非物质文化遗产；国家名录一千二百一十九项，省级名录超过八千项，还不包括市级和县级的。可以讲，我们对中华民族大体上五千年农耕文明的文化创造心有底数，做到了我们在十三年前在后沟村提出的承诺。当时我们说：要进行地毯式的普查，要盘清家底，这件事儿我们基本做完了。

今天上午中央电视台记者问我，你们下一步做什么？我说我们从2012年就把工作重点转移到中国传统村落的调查认定和保护上。那么今天下午的会议，要做的是一个梳理和总结。这个总结现在有了一部《档案》（《中国民间文化遗产抢救工程档案2001—2011》），由祝　慧博士整理完成的。它特别重要，最重要的是它包含着文化界十三年来的思想。在整个文化遗产抢救中，我最看中的是思想，只有思想才能穿破时空，穿破事物，直指本质。具体地说，这思想就是这一代有良心的文化人对我们文化命运的一个责任性的思考、思辨、认识、发现；有了这思想，然后才是行动上的承担。在这部《档案》中，包含着这些思想，还有相关的文献，各种理性的表达，许许多多重要的观念，以及科学的田野的方法。上午在后沟村我所说的是我们这十三年做了什么，下午在这里要说这十三年中我们想了什么。

我曾经写过这样一句话，"人的一生，不在乎你都做了什么，主要在乎你都想了什么"，反过来还有一句话，"人生不在乎你都想了什么，还在乎你都做了什么。"这是一个悖论，但要想这个问题。刚才几位的发言对我有很大的触动，乌丙安先生所讲的"文化情怀"的话题特别令人感动。前两天在河北省召开的全国传统村落立档调查经验交流会上，我说文化人的本质有两点，一个是文化的真知，一个是文化的情感。乌老之所以是个大家，是因为他有这个文化情怀。文化不完全是一个学术概念，还是一种情感，这对于民间文化尤其重要。因为民间文化跟精英文化最大的不同在于它是自发产生的，是情感化的。它无不表达着人民对生活的感情、敬畏与虔诚，对生活的热爱和期许，这些都在他们的文化里。也是民间文化的全部。我们从事民间文化的工作，怎么能对这样的文化没有情怀？

我讲几个想法。

第一，当年我们来到后沟村进行考察，这个事情不是一个偶然的事件，不是我们听到耿彦波的一个消息，就心血来潮地跑来了，我们是有备而来的。那个时期，我们这一代知识分子正迎头赶上了一个时代的转型。这可不是一般的转型。小的来讲我们是从计划经济向市场经济转型，大的来讲是从农耕社会向工业社会转型，这个转型也是整个人类文明的转型。它给中国社会带来翻天覆地的变化，我们都是亲历者。所以在北师大的民俗学会议上，我就说在文革十年的时候，我们是恶狠狠地破坏我们的文化，我们现在是乐呵呵地破坏我们的文化，因为我们要住进带卫生间的、有电梯的、窗明几净的新房子。在这样的生活渴望中，我们自然乐呵呵地把原来的生活抛掉了，我们不知道原来那里边有文化，有我们的历史，有我们的传统，有我们必须要坚持的精神与准则，人们没有来得及思考。那么谁先思考？知识界。

在当时一个会议上我讲过，知识分子有三个特点：第一个知识分子必须独立思考；第二个知识分子是逆向思维的，顺向思维是没价值的，逆向思维提供思辨；第三个就是前瞻性，知识分子要提前看到问题。那时候，我们文化界的一些人首先看到生活出现了一个巨大的可怕的问题：我们的文化身陷濒危。这个濒危还不是一些美好的古建拆掉了，而是我们的文明断裂了，年轻人对传统节日没有兴趣了，我们中国人大过洋节。这个时代性的痛点不是人人都感到的。这是一种精神上的痛点，是文化的断裂。在社会转型的时候，我们的文化传承出现了问题，这就迫使我们必须对自己的文明、传统、传承以及文化本身进行全面思考。

我接着要说的第二点，是我们从对民间文化的思考中发现了一个问题。在我们这个时代里，民间文化多了一个性质，就是它的遗产性。遗产这个概念过去没有，刚开始做民间文化抢救的时候，我跟向云驹通了个电话，我说不能叫"民间文化抢救"，民间文化始终是活态的，还在不断发展着变化着，被人们运用和享用着，怎么能叫民间文化抢救呢，所以我们加了一个"遗产"的概念，就成了"民间文化遗产抢救"。这是这个概念的来源。向云驹问我遗产的界限怎么划？怎么界定？我说我得回去好好想。第二天想法出来了，我说拿"农耕文明"画一条线，凡是农耕文明时代的创造并且还活态保留着的是遗产，工业文明时代新产生的不是遗产，向云驹同意这个观点。于是，我们就叫做"中国民间文化遗产抢救"。因为你对它的本质的认识不同了，你就要重新认识它。那么我想，民间文化包含的很多概念也改变了，比如过去说的民间艺人，现在换了一个概念叫作传承人。"传承人"这个概念是和"遗产"一起来的，传承人成了我们民间文化遗产的代表人物，没有传承人那么民间文化遗产就消失了。原来我们不这么认识民间文化，这个认识的改变特别重要。这个认识的改变来自于我们的思考，后来又上升到学术理论，这说明思想的重要性。如果我们没有这样的思想和认识，我们就不会有这样的有价值的行动。另外，过去我们认为遗产就是过去的，比如老祖奶奶留下了一个戒指，一张老桌子，一幅古画。但是民间文化遗产不一样，它是属于未来的，因为它要传承。我们要用未来的眼光挑选我们的遗产，所以我一个历史观点是，"历史不只是站在现在看过去，更重要的是站在明天看现在"，这就是历史的眼光。

巴尔扎克、马尔罗等有历史眼光，所以巴黎由于他们奋力地保护而至今依然闪烁着历史和文化的光芒。我们留下遗产是为了未来，我们传承是为了我们中华文明的发展绵延，上述的这一切是我们从后沟村发起中国民间文化遗产抢救的背景。既然我们这么思考了，我们要做的可不是一两件具体的事儿，而是关乎国家民族的事儿，这个事儿关乎我们民族的命运。中国民协主席团经过讨论决定要做这个事情，我在两会提交了提案，之后中宣部就叫我去讲我的想法。于是，中宣部决定支持做这件事情。2002年列入国家社科基金特别委托项目。这件事就不一般了。

抢救工程一开始只有三十万启动费用，现在我们要三百万都不是太难，现在中宣部批准的一个唐卡的项目就有四百万。那时候国家的钱还不多，但是用三十万来启动一桩举国的文化工程，我们没有做过，但是我们没有太多想过钱。我们想问题的思路是我们要做这个事儿——我们就一定想办法找到这个钱，而不是我们先把钱要来再做这件事情。我们当时确定了一个概念，我们要做民间文化遗产抢救，必须把普查作为首要的任务，就是要盘清我们民族的家底。我们是毫无功利的。

我们世世代代就生活在自己创造的民间文化里面，我们就过这样的节日，贴这样的年画，贴这样的剪纸，唱这样的民歌，说这样的谚语，听这样的戏。民间文化不是精英创造给你看的，是老百姓为了自娱自乐给自己创造的，民间文化是一种生活的文化。在历史上怎么可能做过调查，盘点，统计，怎么可能建立档案。谁也说不清中华大地上的民间文化究竟有多少，都是什么。所以我们《普查手册》里面第一部分是分类，分类是最重要的，马克思说过一句话，任何学科分类是第一位。从分类学来讲，分类学做得最好的可能是生物学，但是民间文化的分类太困难了。我曾经组织过一次民间美术的分类，在座的学者有的参加过那次讨论，我们只讨论到二级分类，就讨论不下去了。只苏州地区民间美术就有上千种，无法分，而且往往一项民间艺术包含很多元素，比如皮影，包括民间雕刻、美术、戏曲、音乐，你把它归到哪一类？而且我们从来没有调查过，没有底数，所以我们必需首先做——采样调查，制定统一的调查标准。采样必需选择一个点，我们就选择在这里——小小又神奇的后沟村！这是历史的机缘，我们之所以选择一个村落，是因为我们的农耕文化大部分都在村落里面。我们必需选择一个村落，各类民间文化应有尽有，五脏俱全。这时，正赶上彦波给我打了一个电话，我过来看了一下，正是我们要找的村落。我回北京就向民协主席团通报了情况，经过讨论决定把采样调查放在这儿，当然还选了其他几个采样的地点，比如剪纸我们选择祁县，蓝印花布选择在山东；后沟村是最重要的，是起点。

开始时，我们把古村落调查和保护列为重点，但真正做下去是最难的，后来一段几乎陷入停滞。前两天在河北邢台的会上我讲过，村落之所以难做，由于三点，村落和其他文化不一样，村落是一级政府，有生活问题、生产问题、户籍问题，还有和上一级政府对口的各种行政问题，特别是生产问题，老百姓不能够乐业怎么能安居呢。这些问题绝不像一般非遗那样单纯。我在《人民日报》上写了一篇文章，说村落是另一类遗产，应该用另外的方式对待它。多年来我们开了一系列关于古村落抢救和保护的会，在浙江西塘开了古村落村长的座谈会，在江西婺源开了古村落村长的座谈会，但古村落保护问题一直没法"下手"，无法启动。然而我们始终锲而不舍，直到2012年，国家决定立项保护古村落，四部委来做。去年在两会前后，国家就决定对第一批传统村落拨款，拨了一百亿。全世界传统村落没有像我们国家这样进行战略性保护的。我们确实是文化的大国，我们的国家有文化的远见。我们要体会国家的文化眼光里看到了什么，比如说习近平同志说乡愁问题，什么是乡愁？为什么提乡愁？他说望得见山看得见水记得住乡愁，为什么要说记得住乡愁？因为乡愁是一种感情，是对故乡的眷恋、怀念。他这样说，是指传统村落承载着我们民族的精神需求，他强调传统村落的精神功能，传统村落最高的价值是它的精神价值，所以不是开发可以解决的问题。我今天上午在后沟村演讲时用了一个词，不要把我们的历史经典变成了一个个景点。

在我们选择在后沟村做了采样调查，制定了《普查手册》之后，就开始做了一系列工作，做了全国民间文化（非遗）的普查，当时的工作重点首先是普查，我们的工程和文化部的保护工程是一体的。我也是文化部保护工程的副主任，我和乌老都是专家委员会的主任，我们很了解国家做的《非遗名录》的重要，我们号召各地民协帮助各地政府做好《非遗名录》的申报工作。我们的专家学者为各地政府的非遗申报贡献巨大。这件事情我觉得刚才云驹用的那个词很好，这是政府和群众团体合作的一次典范，一个正面的、积极的典范，应该坚持。

还要强调，我们把普查作为时代性的文化使命做了十三年，现在总结起来，特别重要的一点，把普查标准化。因为我们做的是举国的，我们的调查必须是全国统一标准。下去调查统一标准，上来的资料全部标准化，比如我们现在已经做成的年画数据库。传统村落的立档调查也全都是标准化的，专家把村落包含的各类内容全部确定了，详细注明。比如这次对古村落的立档调查，河北省做得很规范。五十三个进入国家名录的村落档案全部做完，名录外还做了一百六十多个村落，文字调查资料是五百多万字。我们的民间口头文学、民间史诗、叙事诗、神话、故事、歌谣、谚语、传说等等，进入汉王数据库的是八亿八千七百万字，整个口头文学做完将达到二十亿字以上。由于这件工程超大规模，又史无前例，我们做的方法必须科学。

同时，在田野调查中我们创造性使用了口述史方法，在村落立档调查中还采用了视觉人类学的方法，这表明我们一直努力把先进的科学的方法运用到工作中，使我们的工作更富有成效。前两天邢台政府领导同志提到的一个概念，我一直在思考，我要找机会和专家们讨论，就是"古村落的保护区"。不一定全部采用一个村一个村孤立的保护，有些村落共同在一个区域，自然条件比较相近，历史彼此相关，地域人文一致，作为区域保护，可以使各种人文力量相互支持，以保持文化的整体性。这个提法很符合村落实际，有创造性，需要我们思考。

现在我们做的许多事是前人没做过的。我们这一代人赶上了这个特殊的时代，这个时代对我们这代人的智慧挑战，对我们的传统挑战，也是对我们文化责任的挑战。同时我觉得我们是幸福的，因为我们可以发挥智慧，发挥对生活与文化的激情，发挥自己的知识能量，这也是学术界的巨大机遇，以前的学术界从来没出现过这么多的学术空间。今天来了很多学生，乌丙安老师说的很好，要对生活充满激情，要到生活里面去，要在生活里感受人民对生活的热爱及情感方式。我们做的事情虽然从小小的后沟村开始，但不是一件小事，是这个时代的大事情。民族的大事情，也是人类文明转型阶段的历史性的大事情，我们永远不会放弃我们做的事情，也不会放弃我们的思考。我说了，我们的事业是一篇写不完的大文章，没有句号，只有逗号，我们只要一步一步做下去，还会不断面临挑战。但我们永远要用责任用激情，用科学的方法态度去面对它，应对它。

我们对后沟村的明天充满希望。十三年了，我们又回到后沟村来了，这次我们带来很多想法，我们说出来——是向后沟村的汇报。我们感谢后沟村给我们那么多启发和帮助。我们将和后沟村百姓，和山西各界一起努力，不仅把后沟村继续做好，还要把关乎中华文化的事一件件做好，这是我们共同的心甘情愿的责任，说完了，谢谢诸位。

（在"文化先觉的脚步——中国民间文化遗产抢救工程巡礼座谈会"上的讲话，2015年6月3日于山西榆次后沟村）

附 录

冯骥才相关文化遗产保护图书目录

著作

序号	书 名	体 裁	出 版 社	出版年月
1	《手下留情》	随笔集	学林出版社	2000.09
2	《抢救老街》	非虚构	西苑出版社	2000.09
3	《敦煌痛史》	文化史	大众文艺出版社	2000.10
4	《紧急呼救》	随笔集	文汇出版社	2003.01
5	《冯骥才周立民对话录》	理论类	苏州大学出版社	2003.08
6	《武强秘藏古画版发掘记》	非虚构文学	西苑出版社	2004.01
7	《民间灵气》	文化随笔集	作家出版社	2005.05
8	《冯骥才分类文集6·文化批评》	文集	中州古籍出版社	2005.05
9	《冯骥才分类文集16·思想对话》	文集	中州古籍出版社	2005.05
10	《思想者独行》	散文随笔集	花山文艺出版社	2005.06
11	《豫北古画乡发现记》	文化档案	中州古籍出版社	2007.02
12	《灵魂不能下跪》	散文随笔集	宁夏人民出版社	2007.05
13	《以画过年——天津年画史图录》	图文集	河南美术出版社	2009.01
14	《绵山造像》	文化档案	中华书局	2010.03
15	《绵山包骨真身像》	文化档案	中华书局	2010.03
16	《乡土精神》	散文集	作家出版社	2010.09
17	《年画行动》	文化档案	中华书局	2011.10
18	《一个古画乡的临终抢救》	文化档案	三联书店	2011.11
19	《文化诘问》	随笔集	文化艺术出版	2013.09
20	《文化先觉——冯骥才文化思想观》	观点集	阳光出版社	2014.01
21	《冯骥才·思想卷》	文集	青岛出版社	2016.01
22	《冯骥才·行动卷》	文集	青岛出版社	2016.01
23	《冯骥才·田野散文卷》	文集	青岛出版社	2016.01
24	《不能拒绝的神圣使命——冯骥才演讲集（2001—2016）》	演讲集	大象出版社	2017.09
25	《为文化保护立言》	随笔集	文化艺术出版社	2017.09
26	《冯骥才文化保护话语》	观点集	青岛出版社	2017.09

编集

序号	书　名	出版社	出版年月
1	《华夏五千年艺术不能不知道丛书》12 卷	天津杨柳青画社	1993.11
2	《天津老房子》（旧城遗韵、东西南北）	天津杨柳青画社	1996—1998
3	《小洋楼风情》（民居建筑、公共建筑）	天津教育出版社	1998.11
4	《守望民间》	西苑出版社	2002.08
5	《中国民间文化遗产抢救工程普查手册》	高等教育出版社	2003.02
6	《中国木版年画集成》22 卷	中华书局	2005—2011
7	《鉴别草根——中国民间美术分类研究》	中州古籍出版社	2006.01
8	《中国民间文化守望者》	学苑出版社	2006.06
9	《中国民间剪纸集成》4 卷	河北教育出版社	2006—2014
10	《中国民间文化杰出传承人名录一》	民族出版社	2007.06
11	《中国民间美术遗产普查集成·贵州卷》	华夏出版社	2007.10
12	《我们的节日》4 卷	宁夏人民出版社	2008—2009
13	《羌去何处——紧急保护羌族文化遗产建言录》	中国文联出版社	2008.08
14	《羌族文化学生读本》	中华书局	2008.09
15	《文化血脉与精神纽带——中国传统节日（清明·寒食）论坛文集》	中国文联出版社	2009.01
16	《端午的节日精神——中国传统节日（端午节）论坛文集》	中国文联出版社	2009.01
17	《绵山神佛造像上品》	中华书局	2009.03
18	《羌族口头遗产集成》4 卷	中国文联出版社	2009.05
19	《中国木版年画传承人口述史丛书》14 卷	天津大学出版社	2009—2011

20	《消逝的花样——进宝斋伊德元剪纸》	中华书局	2009.06
21	《田野的经验——中日韩非物质文化遗产保护方法论坛论文集》	中华书局	2010.06
22	《中国大同雕塑全集》6 卷	中华书局	2010—2011
23	《李福清中国民间年画论集》	中国戏剧出版社	2012.11
24	《年画的价值——中国木版年画国际论坛文集》	天津大学出版社	2012.12
25	《中国木版年画代表作》2 卷	青岛出版社	2013.09
26	《天津皇会文化遗产档案丛书》10 卷	山东教育出版社	2013—2014
27	《中国传统村落名录图典样册》	中国传统村落保护与发展研究中心	2013.12
28	《中国唐卡文化档案田野普查工作手册》	阳光出版社	2013.12
29	《中国口头文学遗产数字化工程全记录》	中国文史出版社	2014.01
30	《中国传统村落立档调查田野手册》	文化艺术出版社	2014.05
31	《当代社会中的传统生活——国际学术研讨会论文集》	天津社会科学院出版社	2014.07
32	《中国传统村落立档调查范本》	文化艺术出版社	2014.08
33	《鬼斧神工——中国历代雕塑藏品集》	中华书局	2015.01
34	《中国民间文化遗产抢救工程档案 2001—2011》	宁夏人民教育出版社	2015.05
35	《中国民间文化遗产抢救工程巡礼论文集》	中国文史出版社	2015.12
36	《20 个古村落的家底——中国传统村落档案优选》	文化艺术出版社	2016.01
37	《中国口头文学遗产数据库总目·河北卷》	文化艺术出版社	2016.01
38	《中国唐卡文化档案·昌都卷》	青岛出版社	2016.01
39	《传承人口述史方法论研究》	华文出版社	2016.12
40	《原生态·新生代——传统木版年画的当代传承国际研讨会论文集》	文化艺术出版社	2017.09